Jean Giono

Arcadie...
Arcadie...

précédé de

La pierre

Gallimard

Ces nouvelles sont extraites du recueil
Le Déserteur et autres récits (Folio n° 1012).

© *Éditions Gallimard, 1973.*

Fils d'un immigré italien, Jean Giono est né le 30 mars 1895 à Manosque dans les Alpes-de-Haute-Provence. Après la guerre où il combat au Chemin des Dames, il retrouve son emploi dans une banque, jusqu'au succès de son premier roman, *Colline*, l'histoire de la vengeance de la terre contre les hommes qui l'exploitent sans discernement. En 1931, il évoque la guerre pour la première fois dans *Le grand troupeau* où il oppose l'horreur du front à la paix des campagnes provençales. Après *Le chant du monde* en 1934 – un de ses plus beaux livres dans lequel des intrigues amoureuses et violentes se nouent autour d'un homme puissant et farouche, dégoûté de la vie depuis la mort du seul être qu'il aimait – Giono ressent le besoin de renouveler son univers romanesque et écrit *Deux cavaliers de l'orage*, un roman de liberté et de démesure où l'image du sang est omniprésente. Pacifiste convaincu à la veille de la guerre, Giono est néanmoins inscrit en 1944 sur la liste noire du Comité national des Écrivains. Dans son Journal de l'époque, il se montre rétif à tout engagement, indifférent à la calomnie. Il puise dans cette épreuve une nouvelle vigueur et compose le cycle du Hussard, l'histoire d'Angelo Pardi, un jeune Piémontais contraint d'émigrer en France. Le cycle commence avec *Angelo*, continue avec *Le Hussard sur le toit* où le choléra, figure de la guerre, frappe et se propage dans tout le Midi, et s'achève avec *Le Bonheur fou* pendant la révolution italienne en 1848. Les chefs-d'œuvre se succèdent : *Un roi sans divertissement*, *Les âmes fortes* ou *Le moulin de Pologne*. Dans les dernières années, malade, il écrit *Le Déserteur* en s'inspirant d'un personnage mystérieux dont il fait un véritable héros de roman : un Français qui, un siècle auparavant, s'était réfugié dans les montagnes du Valais. Son dernier roman, *L'Iris de Suse*, retrace la vie de Tringlat, voleur, pillard de maisons et complice d'assassins qui se réfugie dans les montagnes pour échapper à ces derniers. Là, contre toute attente il s'éprend d'une baronne et sa vie va s'en trouver transformée.

Auteur de vingt-quatre romans achevés, de nombreux recueils de nouvelles, de poèmes, d'essais, d'articles et de scénarios, Giono, en marge de tous les mouvements littéraires du xxᵉ siècle, a su allier une extrême facilité d'invention aux exigences d'une écriture toujours en quête de renouvellement. Cet extraordinaire conteur meurt en 1970.

La pierre

Le premier homme qui a eu peur a ramassé une pierre. Dès que l'esprit est venu, on a taillé des sarcophages dans le rocher. Dans notre siècle de voyages interplanétaires, ceux qui envisagent sérieusement d'aller dans la Lune avec ces instruments si parfaits de la technique moderne qu'on appelle des fusées s'inquiètent des rencontres de ces fusées avec les pierres errantes du ciel. Nous mangeons de la pierre dans certains médicaments. Nous faisons sortir de la pierre l'acier des charrues (dont, à l'origine, le soc était de pierre), celui des locomotives et, naturellement, celui des canons (dont les boulets étaient encore en pierre au début des temps historiques). Les villes (même Rome) sont en pierre. Celui sur lequel l'Église est construite s'appelle Pierre. La muraille de Chine, les remparts d'Avignon, la tour de Belem sont en pierre comme l'étaient le colosse de Rhodes, le phare d'Alexandrie, le tombeau d'Artémise, et tant d'autres merveilles.

Qu'on cherche ce qui n'est pas la pierre : on n'en

sort pas. Tout en vient, tout en est, tout en sort; on y retourne. Les nuages noirs, que les récentes découvertes montrent maintenant au sein ou sur les bords des nébuleuses, sont les nuages de poussière d'une sorte de chantier de démolition ou de construction à l'échelle cosmique. Si l'on sait à cette échelle-là que la fin des gaz compressés et refroidis est la pierre, on en arrive à se dire que l'air lui-même... Et nous, dont il est dit que nous sommes poussière!

Il y en a trop! Eh! quoi, nous voilà tendres et friables, et si fragiles que d'un accroc à notre peau, que d'un trou de la grosseur d'un sou, notre sang et notre vie s'écoulent, et nous avons été jetés dans un monde de pierre! Qu'il ne soit tout au moins pas question de ce rocher métaphysique que roulait Ixion; restons dans ce monde que nous voyons maintenant physiquement incompréhensif. Qu'allons-nous faire, comment nous comporter, comment aimer, comment trahir, comment combiner nos petits paradis terrestres? « Don Juan, tu m'as invité à souper avec toi. Me voilà! »

« Je ne l'aurais jamais cru, dit Don Juan, mais je ferai ce que je pourrai. »

Je me souviens d'un admirable aqueduc. Il n'était pas célèbre; il n'était pas dans un site historique; il n'apportait pas une source d'or à une ville impératrice. C'était un très banal aqueduc, quoique du temps des Romains toutefois, comme il se doit pour un aqueduc bien né. Il enjambait les pins, les yeuses, les bosquets, les jardins potagers, les fermes, les aires, les chemins, la voie ferrée. Il escaladait les collines, descendait dans les vallons, sautait les ravins, remontait vers les hauteurs, s'enfuyait sur place. Les quelques jambes qui lui manquaient ne le gênaient pas. Au contraire, de l'autre côté de la brèche parfois assez large, il renaissait avec une continuité formelle d'intention. Il témoignait de notre aptitude à voyager sans bouger de place. Le paysage acceptait cet immense appareil comme un paysage de Poussin accepte un cyclope. Le Colisée fournit toutes les chambres des hôtels de Rome en rugissements de lions et en cris de chrétiens. Il y a dans les Andes, sur les hauts plateaux de Tiahuanaco, une porte du soleil qui ne sert évidemment à rien. Brusquement, toutefois, dans ce désert, sa vanité devient succulente. Ce sont d'énormes blocs de pierre soigneusement polis. D'où leur vient ce poli admirable? D'un long amour de ces hommes des plateaux avec ces pierres. Autour, aucune végétation : une aire dénudée sur laquelle le soleil se foule lui-même. Sur deux blocs dressés, on a posé une lourde architrave sculptée. On se demande quels ont été les moyens employés. Encore de l'amour, mille bras lentement dressés, de la fatigue ajoutée pendant longtemps à de la fatigue. Sur ces plateaux déserts restent des traces d'une longue fidélité d'hommes simples à la pierre. Sans doute cette porte donnait-elle accès à un temple. Le temple a disparu en totalité (sauf la porte) comme escamoté ou dissous par quelque acide. Volatilisé

en poussière ; peut-être est-il, pour les astronomes
de Sirius, un peu de ces nuages opaques qui
doivent obscurcir notre galaxie.

A chaque instant, quand on parle de la pierre,
on regarde le ciel. On peut en effet le comparer à
une meule. Il y a au Mexique une meule, haute de
cinq mètres, épaisse de deux. Elle est posée contre
un mur cyclopéen. C'est le terme même qu'on
emploie (et qui témoigne de notre naïf étonnement)
pour désigner ces énormes murailles incaïques
faites de blocs surhumains, jointoyés sans ciment ni
mortier. Les joints de chaque bloc ont été polis
pendant des années avec une patience et un soin
jaloux. Les blocs ont été ensuite posés les uns au-
dessus des autres et c'est l'extraordinaire précision
du poli, joint à l'énorme poids de la pierre qui
donne à la construction son admirable solidité, son
étanchéité au temps et à la destruction. Nous ne
savons pas non plus comment on a pu faire dans ces
temps sans machine pour organiser ces entasse-
ments de pierres si énormes que leur maniement
poserait de graves problèmes de technique même à
notre époque. Des millions d'hommes se sont
passionnés pendant des siècles pour faire ce travail.
Ces réflexions pourraient être à l'origine d'une
étude exhaustive sur les moyens de distraction et en
tout cas sur la pierre en tant que remède contre
l'ennui. Il est de fait qu'un maçon professionnel —
je ne dis pas de maintenant mais d'il y a seulement
vingt ans, quand il construisait une cloison en
mettant des briques l'une sur l'autre — s'il se
trouvait un beau dimanche devant le mur cyclo-

péen, il dirait sûrement avec un peu de blague :
« Eh bien! ceux-là, ils se sont bien amusés. » A mon
avis, cela n'est pas si loin de la réalité. On parle
d'esclavage à propos de la construction des pyramides et des murailles incaïques. Il y avait peut-
être un peu d'esclavage mais il y avait sans doute
beaucoup d'amusement et la certitude supérieurement amusante celle-là, de construire pour l'éternité. (On ne se distrait jamais aussi bien qu'à la
poursuite de l'éternité.) C'est pourquoi, sur cette
meule du Mexique qui est appuyée contre le mur
cyclopéen, on a gravé les secondes, les minutes, les
heures, les jours, les ans, les siècles, les millions de
siècles et les signes d'un zodiaque particulier. C'est,
pourrait-on dire, une sorte de montre gigantesque.
C'est, en tout cas, un instrument destiné à tenir
compte du temps qui passe. Si bien qu'il n'est pas
tellement illogique d'être venu à cette meule de
pierre phénoménale en parlant d'abord du ciel.
D'autant que lorsqu'on connaît le ciel pur tel qu'il
est dans les pays du Sud, ou simplement en
Provence l'été, on sait qu'il peut être d'une dureté
de pierre. Certains matins je le vois, propre comme
un sou neuf, débarrassé de nuages d'un bord à
l'autre de l'horizon. Le soleil saute dans cette arène
d'un bond. Cette voûte prend le vernis des pierres
polies. Rien de jour en jour n'en altère l'éclat.
Comparé à la meule du calendrier mexicain, le ciel
est dépouillé de signification et d'espoir.

J'avais sur ma table une pierre tombée du ciel,
un morceau d'aérolithe. Elle me servait de presse-
papiers. Je l'ai montrée à un enfant. Il a ouvert des

yeux si ronds que je n'ai pas résisté au plaisir de la
lui donner. Comme il fallait dire quelque chose, je
lui ai dit que c'était un morceau d'étoile. Depuis, il
couche avec. C'est un petit garçon des premiers
âges du monde. Il a beau aller à des écoles
techniques, il a entre les mains un morceau d'étoile
et il couche avec. On me dit qu'il la place tous les
soirs (il y a plus d'un an que je lui ai fait ce cadeau)
sur sa table de chevet, sous la lampe, et qu'il la
regarde tant qu'il peut tenir ses yeux ouverts.
Quand il ne peut plus, il a encore la force de sortir
un bras des couvertures, il prend la pierre (elle est
grosse comme mes deux poings) et il la fourre sous
son oreiller. Ce qui est au surplus très inconfor-
table. Moi, j'ai gardé cette pierre sept ou huit ans.
Je n'allais pas jusqu'à la coucher avec moi mais je la
prenais quelquefois dans mes mains. J'étais chaque
fois étonné de son poids. Elle était recouverte d'un
joli vernis produit par la fusion pendant sa chute,
quand elle avait traversé notre atmosphère. Au
fond, qui sait si elle est vraiment tombée du ciel?
C'est ce que je me demande. Celui qui me l'a
donnée est, certes, un homme de confiance, mais...

Les premières heures du sommeil sont propices à
la vie imaginative. Bien couché au chaud, allégé de
mon poids par les premières bouffées du sommeil,
je fais le contraire du petit garçon (ou la même
chose). Je songe avec horreur à l'aventure des
spéléologues. C'est, à la lettre, excursionner à
l'intérieur de la pierre. Si j'avais démesuré cette
pierre du ciel quand je la tenais dans mes mains
(elle était toute pertuisée de petits trous) ou si je

m'étais démesuré moi-même, j'aurais eu, à l'échelle
de Dieu le Père (quand il consent à se rapetisser),
l'aventure des spéléologues. Ils entrent par de petits
trous, suspendus à des fils, et ils se font descendre
par des treuils dans l'intérieur de la terre, une
énorme pierre du ciel, somme toute. Une fois au
fond, ils y ont une vie vermiculaire. Ils rampent, ils
se glissent de trou en trou, cernés de toute part et
de façon très étroite par le rocher. Ils arrivent dans
de vastes cavités, ils plongent dans des siphons. Le
souvenir d'un de ces siphons reste encore dans ma
mémoire comme y reste le souvenir des choses
horribles et sans grandeur : la roulette du dentiste,
l'ouverture d'un panaris, etc. La chose s'est passée
en Suisse, à Vallorbe pour tout dire. Ce devait être
aux environs de 1933. J'écrivais, je crois, *Le Chant
du Monde*. On m'avait aménagé le grenier de la
maison et j'y avais installé une sorte de bureau de
travail. De la lucarne, je voyais la dent de Vaulion
et les forêts qui entourent la source de l'Orbe.
J'étais avec ma vieille cousine Antoinette qui nous
recevait, ma femme et ma fille aînée, Aline. Nous
n'avions, à ce moment-là, qu'un enfant. On le
soignait comme une pièce de musée. Un matin,
affolement général ; l'enfant est rouge comme un
coq, brûlant et fait une fièvre de cheval. La maison
était une grande villa à deux kilomètres de Vallorbe. On court jusqu'à une petite épicerie qui était
à cinq cents mètres de chez nous. On téléphone au
docteur, il arrive. Je me souviens très bien de lui.
C'était un vieux monsieur charmant. Il regarde
Aline sur toutes les coutures. C'est une angine

banale, sans complications possibles. Soulagement.
Le docteur inspirait confiance, l'image même de ces
vieux docteurs parfaits, comme on en voit dans les
romans. A cette époque, j'avais la passion de
chasser le papillon. J'avais donc sur ma table des
étendoirs, un flacon de chasse à cyanure, des
pinces, un grand filet vert : enfin des armes
parlantes. Le docteur engage la conversation sur les
papillons et me dit : « Est-ce que vous avez des
papillons de grotte? » Non, je n'en avais pas et, qui
plus est, j'ignorais l'existence des papillons de
grotte. Exclamation et description de ces fameux
papillons de grotte. Cinq minutes après, bien
entendu, je mourais d'envie de posséder un échan-
tillon de cette beauté zoologique. « C'est facile, me
dit cet homme aimable, montez dans ma voiture, je
connais près d'ici une grotte où il y en a. » La
description qu'il m'avait faite de cette faune souter-
raine était si brillante que j'avais passé sur l'horreur
que provoque généralement en moi le mot grotte.
Pendant que nous roulions en voiture, je consacrai
malgré tout quelques minutes à essayer de me
représenter ce que pouvait bien être la grotte où
nous allions. J'arrivai à la conclusion rassurante que
ce devait être, somme toute, une sorte de cave et
que je n'aurais qu'à me tenir soigneusement à
l'entrée. « Une sorte de péristyle », me disais-je. Le
docteur arrêta sa voiture en plein bois. Pas de
péristyle. « Venez, venez », me dit-il. Nous mon-
tons à travers les sapins. « C'est là », dit-il en
regardant à ses pieds. C'était un trou de renard.
« Bien, dis-je avec un petit sourire guilleret, et

comment fait-on pour entrer? » C'était un docteur
dépourvu de tout sens de l'humour et, quand il
faisait quelque chose, il le faisait jusqu'au bout. Il
avait déjà enlevé sa veste et son gilet. « Vous allez
voir, dit-il, suivez-moi. » Et il ajouta : « Je passe
devant car il y a certaines précautions à prendre. »
Il était déjà engagé jusqu'aux épaules dans le trou.
Il eut un remords et il revint à la lumière du jour.
« Faites exactement comme moi, me dit-il. Le
couloir d'entrée est étroit. J'y passe à peine (il était
maigre comme un fil) et c'est un siphon. — Qu'est-
ce qu'un siphon? lui demandai-je. — Eh bien,
voilà, dit-il. Il faut s'engager tête première et vous
vous laissez descendre sur deux mètres environ,
deux mètres cinquante. Au fond, vous engagez
votre tête dans un trou et, en forçant des coudes sur
les parois, vous vous engagez dans un boyau
horizontal qui peut avoir de un mètre à un mètre et
demi. Pendant la reptation horizontale, il faut
absolument que, par une révolution en pas de vis,
vous arriviez à vous coucher sur le dos. Le reste est
de l'enfantillage. Vous allez arriver dans un autre
puits vertical où, engagé sur le dos, il ne vous
restera plus qu'à ramoner sur à peu près trois
mètres pour prendre pied dans la cavité centrale. »
Et, là-dessus, ayant dit, il se mit en mesure de faire,
sans laisser le temps à ma gorge serrée d'articuler la
moindre protestation. Je le vis disparaître, centimètre à centimètre, dans le trou de renard. Ses
pieds s'agitèrent encore un instant en signe d'adieu.
Je compte parmi les heures les plus cruelles de mon
existence celles que je passai devant ce trou béant.

Il avait, à la lettre, dévoré mon docteur sous mes
yeux et, selon toute apparence, il était en train de le
digérer. Des borborygmes étranges manifestaient
de cette digestion. Au bout d'un quart d'heure de
ce supplice, j'entendis sortir une voix de ces
entrailles. C'était le digéré qui m'appelait. Il avait
été convenu — ou, plus exactement, il avait convenu
tout seul — qu'il m'appellerait une fois arrivé
de l'autre côté et que ce serait le signal de le
suivre. J'aime beaucoup les docteurs, surtout quand
ils sont, comme celui-là, des pères Noël au petit
pied, avec de bonnes petites barbiches. Mais cet
amour ne me pousse pas aux folies de la passion
ou de la témérité. Je lui fis savoir par le tru-
chement de l'œsophage qui l'avait englouti et
servait, en l'occurrence, de tuyau acoustique, que
je me refusais formellement à quitter la lumière
du jour. « Pourquoi? me demanda-t-il. — Eh
bien! parce que je ne me sens aucune aptitude
à ramoner vos puits verticaux et à ramper de
façon hélicoïdale. » En réalité, j'avais la frousse,
une frousse qui me tenait à la gorge comme chaque fois que, simplement, j'imagine être coincé
dans un boyau étroit. (Ce sont les cauchemars que
je fais chaque fois que j'ai trop mangé le soir.)
« C'est dommage, me dit-il. — Pourquoi? Que
voyez-vous? — Je ne vois absolument rien, dit-il.
J'ai laissé ma petite lampe électrique dans le
gousset de mon gilet, mais vous manquez quelque
chose, vous savez. Je suis assis sur une petite
sellette, mes pieds pendent dans le vide. On ne sait
plus du tout où l'on est. » Ce ne sont certainement

pas des déclarations de ce genre qui vont me
décider à plonger dans les entrailles de la terre.
Bref, l'aventure se termina sans dommage et, au
bout d'une demi-heure (car il eut quelque difficulté
lui-même à exécuter la reptation hélicoïdale, au
retour), il fut rendu à la lumière du jour. Il n'avait
pas rapporté de papillons de grotte, mais j'avais
acquis des terreurs nouvelles et le seul fait d'avoir
écrit cette histoire me promet quelques sommeils
difficiles dans les nuits qui vont suivre. Il suffit que
je m'imagine dans cette situation incommode du
ramoneur de siphons souterrains pour que je me
mette à ruer comme un mulet dans mon lit. Car,
naturellement, c'est toujours quand je suis très
douillettement sur le point de m'endormir que la
nuit se resserre autour de moi comme de la pierre,
ne me laissant plus qu'un tout petit pertuis dans
lequel il faut que je rampe.

Je trouve mon docteur bien imprudent. Certes, il
y a assez d'horreur dans le fait d'être enfermé dans
un tuyau de pierre, mais mes terreurs viennent
d'un jeu de l'esprit qui démontre la possibilité
d'horreurs bien supérieures. Je vois très bien
chaque jour dans mon journal illustré, à l'époque
de ces performances, des hommes casqués en train
de circuler, lampe au poing, dans des cavités
monstrueuses, pleines de cathédrales de calcaire, ou
se glisser, lampe au casque, dans des boyaux à
peine plus larges qu'un boa. La pierre ne les tue
jamais que comme un instrument contondant : soit
que le spéléologue, dont la ficelle se casse, tombe
sur les rochers ; soit que le rocher, se détachant de

quelque voûte, tombe sur le spéléologue. Le reste
du temps, la pierre, si l'on peut dire, *n'agit pas.*
N'agit pas de son propre chef. Si nous regardons
ces photographies d'hommes circulant dans les
entrailles de la Terre sans être saisis d'horreur et si
eux-mêmes y circulent en toute sécurité, c'est
qu'eux et nous avons la certitude de l'inertie de la
pierre, de son indifférence, dirions-nous. De son
indifférence obligée, puisqu'elle est inerte. Matière
inerte, sans volonté, sans mouvement. Qu'est-ce
que nous en savons, au juste? Nous avons tous vu
au cinéma des films accélérés sur la germination
d'une graine, ou les efforts d'une vrille de vigne
vers son tuteur. Nous n'avons pas peur d'une
graine ou d'une vrille de vigne et, quand nous
avons à exprimer l'idée d'une destruction de
l'humanité, nous pensons à Gengis Khan ou à la
bombe H plutôt qu'à une graine ou à une vrille de
vigne. Si nous avons besoin d'exprimer l'idée d'une
pensée intelligente, réfléchie, susceptible de cruauté
froide, nous pensons à l'homme. Et cependant,
revoyons ce film accéléré. Qui n'a pas senti un
frisson d'horreur devant ces tentacules agités et
manifestement *en pleine intelligence?* Qui n'a pas
tressailli devant cette force, *en pleine intelligence*
également, qui fait éclater la graine et pousse cette
pointe de lance, obstinée et délirante de force qu'est
le bourgeon d'herbe? Si tout cela se passait dans la
nature comme sur l'écran, nous nous garderions des
vignes comme des pieuvres, et des grains de blé
comme des tigres. Or, tout cela se passe dans la
nature comme sur l'écran mais plus lentement. Si

lentement que nous ne nous en apercevons pas. Imaginons un appareil cinématographique patient qui cinématographierait pendant cent ans, sans arrêt, mille ans, sans arrêt, dix mille ans, un bloc de granit. Est-ce que le déroulement accéléré du film ne montrerait pas brusquement les gestes et l'intelligence du granit? Est-ce que l'homme ne se trouverait pas tout d'un coup dans la situation d'avoir à se garder du granit comme d'un tigre? La turquoise meurt. Dans certaines conditions — notamment je crois quand elle est en compagnie trop longtemps avec du cuivre — la turquoise meurt. Et quand elle est morte elle pâlit, elle perd sa couleur, elle devient vert-de-gris. On prétendra que mourir est un mot et désigne ici une simple combinaison chimique. Mais, pour nous aussi, mourir est un mot et ne désigne peut-être qu'une simple combinaison chimique.

De toute façon, si je faisais de la spéléologie (ce qu'à Dieu ne plaise!), je me demanderais si le boyau dans lequel je rampe ne va pas sécréter quelque acide; si la caverne où retentissent mes pas ne va pas, peu à peu, m'imbiber d'un suc gastrique ou si, à l'instar de la turquoise qui meurt, les calcaires que je foule ne vont pas se mettre à vivre ou, plus exactement, à me faire comprendre qu'ils vivent.

Car je trouve qu'on a toujours un peu trop confiance dans l'inertie des pierres; qu'on les traite avec trop de mépris. Les plantes, on a fini par convenir qu'il y avait là de la vie, même un liquide semblable à du sang. On n'en est pas encore à

parler de leur sensibilité mais il n'y a pas si
longtemps qu'on déniait toute sensibilité aux animaux; ça viendra. Pour les pierres, on conserve
encore une grande assurance. On fait en toute
tranquillité n'importe quoi à une pierre : on la scie,
on la martèle, on la taille, on la fait éclater, on la
broie, on la malaxe. Peut-être que tout ça doit se
payer? Les tailleurs de pierre seraient pleins de
remords; les lapidaires trembleraient dans leurs
bottes; les carriers rentreraient chez eux en serrant
les fesses; les sculpteurs se boucheraient les yeux de
leurs mains. Les journaux seraient obligés, l'été,
d'inaugurer la rubrique des spéléologues digérés :
trois spéléologues digérés par le gouffre Armand.
Une grande partie du genre humain finirait sous
forme de porphyre, de serpentine, de quartz ou de
simples galets. Les maçons auraient à payer de
lourdes dettes concentrationnaires. On n'oserait
plus jeter la moindre pierre à un chien, non plus
pour le chien mais pour la pierre. On finirait, sans
doute, par jeter des chiens aux pierres.

C'est évidemment propos pour rire mais on ne
sait jamais et, de toute façon, avons-nous une
connaissance quelconque des vraies raisons de notre
vie et par conséquent du vrai visage de l'univers?
Qui le connaît, qui l'a vu? Puisque, pour le
connaître, nous n'avons que nos cinq sens sujets à
caution et notre intelligence sujette des sens. Même
avec ces faibles moyens nous connaissons l'eau sous
trois formes : solide, liquide et vapeur. Le granit, le
porphyre, l'albâtre, le marbre ne sont peut-être
qu'une des formes de cette matière? Il y a peut-être

ailleurs des fleuves de granit et des océans de marbre. En quoi peuvent être faites, alors, les îles de ces océans de marbre ? Car nous avons beau être bouleversés d'horreur à l'idée d'être digérés par la pierre, nous nous noyons sans rémission si nous n'avons pas une île solide sur laquelle prendre pied.

Toutes ces réflexions sur la pierre sont dominées par le rêve. Sans rêve, pour en revenir à la connaissance du monde, que pouvons-nous en comprendre ? La science est un rêve codifié par des lois qui permettent de reproduire certaines circonstances du rêve. Je peux me renfourner au chaud sous mes couvertures de chaque soir pour avoir du monde une connaissance subjective qui a bien sa valeur. Là, bien tranquilles, combien de fois n'avons-nous pas pensé au désespoir de l'homme perdu en mer ? Au large et seul : toute l'aventure stupéfiante des *Kon Tiki* et des Bombard. Mais, pour deux noms qui viennent sous la plume (il y a aussi les deux canots du capitaine Bligh après la révolte du *Bounty,* mais le capitaine Bligh était en compagnie de matelots fidèles et il les commandait férocement pour faire vivre leur espoir et le sien), pour deux noms ou trois qui viennent sous la plume, combien de marins, combien de capitaines qui n'ont laissé aucun nom après ces aventures, des angoisses infinies qui se sont terminées par la mort anonyme ?

Le perdu en mer est le rêve le plus savoureux que puisse faire l'homme gourmand de métaphysique et qui s'endort dans le bien-être total. Ne lésinons pas sur les confessions de nos turpitudes :

c'est moi, toi, vous, nous l'avons tous fait. Tout va
bien, notre sort est possible, les soucis sont réglés,
la panse pleine, le portefeuille garni, la femme
satisfaite, nous aussi; il ne pleut pas dans la
chambre; le bruit de la bourrasque ne frappe
qu'aux volets; le lit est chaud; l'admirable sommeil
s'approche : nous pensons à un homme perdu en
mer. Et comme il est hypothétique, nous n'hésitons
pas à le placer en perdition totale. Au large, seul,
même pas de radeau ou de barrique flottante, pas le
moindre espar à quoi se raccrocher. Il ne survit que
parce qu'il a encore un peu de force physique et il
nage sans espoir. La mort est une question de
minutes. Il est seul dans l'immensité (comme dans
l'éternité). Qu'il nage vers la droite, la gauche, le
nord, le sud, l'est ou l'ouest, c'est kif-kif (on aime
bien alors employer cette locution vulgaire : cela
fait *homme*). Il dépense ses forces en pure perte.
D'accord. Mais lui, alors, à quoi pense-t-il? Met-
tons-nous à sa place. C'est d'ailleurs ce que nous
faisons pour augmenter notre plaisir. Lui pense à
une île. Il pense à quelque chose de solide sur quoi
prendre pied. Que la présence d'un granit émergeant lui serait agréable! Au fond, nous n'existons
que parce que des nuées (des granits, des por-
phyres, des quartz à l'état gazeux) se sont solidifiées
en une île ronde dans le ciel.

J'ai été longtemps amoureux d'une île. Il s'agit
de l'île de Tristan da Cunha qui est dans une
solitude effroyable de l'Atlantique Sud, entre
l'Afrique et la Terre de Feu. C'est l'époque où je
lisais avec passion le *Journal* de Cook, celui de

Dumont d'Urville, celui de Vancouver, etc. Un de
mes amis, capitaine au long cours qui m'avait
souvent invité à l'accompagner sur son cargo —
mais je n'avais jamais eu le temps de me payer ce
luxe — me parla des *Instructions nautiques*. La
lecture des *Instructions nautiques* fut pour moi une
découverte. Il s'agissait au fond de quoi dans ma
passion pour ces lectures? Eh bien, voilà. On vit
solitaire, aux prises avec une œuvre; on n'en
éprouve pas moins une grande curiosité pour le
monde. Or, il faut choisir. Un livre se fait assis. Il
faut donc rester assis devant une table. Si bien
qu'écrire vous prive des joies de la découverte
véritable. Vous priverait s'il n'y avait pas un moyen
d'expression qui fait venir à vous la montagne ou la
mer. Pour la montagne, j'ai quelques poèmes
tibétains; pour la mer, j'ai les *Instructions nautiques*.
Toutes les côtes de tous les continents sont
décrites, mètre par mètre. Une tête de rocher d'un
mètre carré émergeant dans un port à barque de
Nouvelle-Zélande y est notée et décrite. Le
déplacement de la moindre plaque de goémon dans
une baie perdue de Juan Fernandez est suivi. Le
profil de l'atoll le plus plat y est dessiné. Le palmier
seul sur la grève et même l'élancement d'un
bambou est signalé, comme est signalée la touque
de fer-blanc abandonnée sur une plage du Pacifique
et la carcasse de chameau sur les dunes du Rio de
l'Oro. Les profondeurs de la mer et du ciel, les
courants et les vents, les amers et les hauts-fonds,
les détroits, les golfes, les havres sûrs et les
mouillages dangereux, jusqu'à la présence du pas-

teur dans les petites maisons étincelantes ou celle des cannibales dans les fermes des couloirs magellaniques, toutes les grandeurs et toutes les mesquineries de la mer y sont consignées. On la voit telle qu'elle est, on la respire, on la sent. Je ne sais pas jusqu'à quel point la lecture des *Instructions nautiques* ne pourrait pas remplacer le gobage des huîtres, recommandé à ceux qui sont menacés de goitre, tant on y respire d'iode.

Bien entendu, pour les capitaines, l'usage de ces *Instructions* est bien différent et, en fait, elles sont publiées pour l'usage des capitaines. Mais, d'après mon ami, les capitaines ne les lisent jamais. Ils connaissent le trajet qu'ils font comme leur poche et les bouquins ne leur apprendraient rien. Bien mieux, ces *Instructions*-là, c'est eux qui les écrivent. Ils signalent les changements d'aspect de tel récif, de tel profil qui expliquent comment ils s'y prennent pour embouquer tel port rudimentaire ou se mettre sous le vent de telle terre. Mon ami les lisait parce qu'il est poète.

Donc, me voilà avec ces fameuses *Instructions*. Je vais naturellement tout de suite à Tahiti, puis aux Touamotous, les îles du Vent, les îles Sous-le-Vent, les atolls ; je me paye une débauche de lagons couleur de saphir et de cargos chargés de coprah. Je me balade, bien entendu, du côté de l'île de Pâques ; j'y fais escale ; je vais voir les statues qui en avaient déjà mis plein la vue à Pierre Loti ; je vais au Chili (à Antofagasta, notamment. Ce n'est pas beau). Je vais au Pérou, à la Terre de Feu, à la ville la plus au sud du monde : à Punta Arenas dont le

nom ne devrait même pas être écrit dans ces pages,
repoussé avec mépris de notre propos puisque c'est
la seule ville du monde dont les maisons ne sont pas
construites en pierre, dit-on, mais en bouteilles de
whisky. C'est également, paraît-il, la ville où il y a
le plus de pompiers et les plus beaux. Tous les
mois, on fait une fête des pompiers. Cela vient de
ce que Punta Arenas a brûlé dix fois en entier (je
parle par ouï-dire). J'assiste donc à une fête de ces
pompiers ; je me documente sur tempêtes, cyclones,
coups de vent, blizzards et nuées de l'Antarctique
en passant le cap Horn, et je pique vers le Cap. Mais
l'homme propose et Dieu dispose. J'en suis au
fascicule nº 389, page 235, quand la volonté du
rédacteur, semblable à ces courants extraordinaire-
ment doués de volonté surhumaine qu'on trouve
chez Jules Verne, me fait remonter des solitudes de
l'Atlantique Sud et, à trois mille kilomètres des
côtes, à trois mille kilomètres de toute côte, devrais-
je dire, me plante devant Tristan da Cunha. Ça,
mes amis, chapeau bas : c'est de la pierre ! C'est de
la pierre et c'est exactement de la pierre de cette
sorte que rêverait le nageur perdu au large de tout
s'il avait le loisir de rêver.

Des falaises tranchantes comme des couteaux,
noires comme de la suie, émergent brusquement de
fonds de 4 500 mètres et montent d'un seul élan
jusqu'à 3 000 mètres dans le ciel. Imaginez la
surprise ! Solitude totale sur plusieurs milliers de
kilomètres, tout autour ; pas la plus petite parcelle
de terre ferme ; pas gros comme l'ongle du petit
doigt. Rien où l'homme puisse s'accrocher, sauf les

bateaux. Des fonds à pic tout autour de l'île (sauf
sur un point où se trouve une toute petite grève;
notre nageur pourrait aborder), à pic, et à pic sur
plusieurs milliers de mètres, des abîmes grouillants
de monstres extraordinaires. C'est dans cette profondeur que gîte le Squid, ce calmar géant dont les
cachalots se nourrissent. On a trouvé dans l'esto-
mac de certains cachalots des lambeaux de squid
portant des ventouses larges comme des couvercles
de barrique, ce qui laisse présumer que ce mignon
céphalopode avait des tentacules de la grosseur
d'un autobus et de plus de cent mètres de long. On
juge des borborygmes nocturnes d'un océan hanté
par de tels monstres, même quand le vent est
tombé.

C'est donc à une île parfaite que nous avons
affaire. Et la vigueur avec laquelle elle surgit des
fonds de la mer en fait une manifestation précieuse
de ce que peut être la pierre quand elle se mêle
d'apparaître avec grandeur. A l'île de Pâques, il y
avait évidemment les statues qui posaient des
énigmes en rapport avec l'homme. Il y avait ces
chemins pavés de grandes dalles et descendant sous
la mer. Ici, la roche, d'une fierté sans égale, ne s'est
laissée sculpter que par le vent. Selon que, de cinq
à six milles en mer on la regarde du nord, du sud,
de l'est, de l'ouest, par temps clair ou sous les
rideaux de la pluie, elle a le visage de votre peine,
de vos malheurs, de vos soucis, de vos espoirs, de
vos rêves. Des corvettes anglaises y ont vu Napo-
léon. Sainte-Hélène est à quatre mille kilomètres
nord-est.

On trouvera peut-être que je parle de pierres étranges, mais toutes les pierres sont étranges par leur inertie, et dès qu'on les imagine douées d'une volonté qui a besoin de siècles (ou de cataclysmes) pour s'exprimer. Il a bien fallu que Tristan da Cunha sorte de la mer et jaillisse puisque de simples *Instructions nautiques* (qui sont le livre le plus sérieux du monde) suffisent actuellement à nous mettre en présence de ce jaillissement. Il a bien fallu qu'à un moment donné un bourgeon s'ouvre au fond de la mer et que la pointe de Tristan da Cunha sorte de ce bourgeon.

L'île s'est-elle élevée peu à peu à travers les eaux, ou brusquement? Et si c'est peu à peu, d'un mouvement qu'il faudrait des siècles de patience pour surprendre, peut-être est-elle toujours en train de surgir, peut-être dans cent milliards d'années y aura-t-il à cet endroit-là une colonne dantesque sur laquelle reposeront les jardins du ciel? Et si c'est brusquement, imaginons alors la spectaculaire entrée de théâtre de la pierre au milieu des océans. Dans les deux cas, nous ne sommes pas très loin de notre nageur perdu au large de l'éternité.

Les hommes ramassent toujours une pierre quand ils ont peur. Ils la plantent au milieu d'une lande : c'est un dolmen. Ils la plantent au milieu des sables : c'est un obélisque. Mesurer le mystère et le temps, quelle consolation! Samuel Butler parle de grandes statues parlantes qui, en Nouvelle-Zélande, gardent le col qui donne accès aux terres d'un pays inconnu. Le colosse de Memnon chante dès qu'il est touché par la rosée du désert. Tout

alpiniste sait que les parois de serpentine font
entendre dans certaines occasions une sorte de
gazouillis semblable à celui d'une volée de pinsons.
Les mineurs habitués à la mine, et surtout à
l'ancien travail de mine qui se faisait à la barre et au
pic, et les ouvriers spécialisés de l'avancée dans le
creusement des tunnels connaissent très bien le
phénomène qu'on appelle « le petit mineur ». Ce
n'est pas un fantôme. C'est pire. Il se produit à
l'extrême avancée d'une taille, à l'endroit où
l'homme qui attaque la pierre est seul ; on entend
un ricanement puis le bruit d'outils qui seraient
jetés en désordre par terre, bruits de barres, de pics
renversés. L'ouvrier regarde. Il a sa barre à la main
et sa pioche est bien tranquille à ses pieds et
personne n'a pu rire : il est seul. Le bruit se
renouvelle. Certains ouvriers s'enfuient alors, la
légende prétendant que « le petit mineur » ricane
toujours avant les grandes catastrophes souter-
raines.

D'autres pierres suent. C'est évidemment de
l'eau, mais d'où vient-elle ? Car je connais une de
ces pierres qui suent et elle n'est adossée à aucun
talus. Pour rendre le phénomène parfaitement
miraculeux, on l'a posée au-dessus du sol, sur une
table. Certes, il n'y a pas de miracle. Il n'y a qu'une
sorte d'amour de la pierre pour l'humidité de l'air.
Elle l'attire, elle la prend, elle s'en rend maîtresse,
elle la restitue sous forme de larme. Ce n'est pas la
larme qui est merveille à mon goût : c'est cette
faculté de préhension, cette sorte d'amour. Car,
tout est vite dit en parlant de physique et de

chimie. Sait-on si quelque savant chez les microbes ou les virus filtrants ne parle pas aussi de physique et de chimie en constatant les altérations des cellules de la grosse Margot en train d'aimer? Il ne s'agit pas ici d'une pierre poreuse, ce serait trop facile. Il s'agit d'une variété de malachite vulgaire à grain très serré, si serré qu'il prend, si on le travaille, un poli semblable à du verre. Rien ne semble plus indifférent au monde que cette surface lisse, vraiment imperturbable. On peut la regarder à la loupe; on n'y distingue partout que cette indifférence fermée de la paroi lisse comme du verre. Elle cache bien son jeu car, de tout ce temps où vous la regardez, où vous parlez de sa fermeture, de son cœur verrouillé, elle aime, elle est en train d'aimer passionnément l'humidité de l'air.

Quelquefois, en ouvrant un rocher compact à la masse, en le faisant éclater à la mine, il ouvre son cœur, ou plus exactement un de ses cœurs. On trouve alors un très vieil animal mort, prisonnier. Je ne parle pas des empreintes de poissons, de coquilles et de plantes. Ceci est une autre histoire. Non, il s'agit d'un insecte ou d'un petit mammifère. (Il nous est permis de supposer que quelque part un rocher recèle un énorme insecte ou un mammouth.) C'est un scarabée ou une sauterelle, une musaraigne d'il y a cent mille ans, roulée sur elle-même comme une momie d'Inca, ou, comme il est démontré dans les livres de médecine, que les enfants sont accroupis dans le ventre de leur mère. Si on pense au moment où la prison s'est refermée sur l'être vivant, on a le vertige. On l'a plus encore

si l'on réfléchit qu'il s'agit simplement, peut-être,
d'un de ces petits drames entre deux êtres vivants,
comme la vie en fourmille. Et, quoi qu'on pense, on
est en droit de se demander quel animal est au sein
de chaque roche, même si, brisée en poussière, elle
ne dévoile aucune momie. De quoi est fait le noir
translucide du silex, le rouge du rubis, le feu du
diamant ? Pour le charbon, nous le savons bien : son
goudron est fait de sève. Peut-être que le sang des
héros devient le vert de l'émeraude ? Mais l'émeraude ne court pas les rues, les héros non plus. Le
simple galet pose le même problème. Il est le sang
de qui ? Peu à peu nous abandonnons l'idée de
l'inertie ou, plus exactement, nous nous faisons de
l'action des êtres une idée chinoise. Le mouvement
n'est pas l'action. L'anthropomorphisme réduit
l'univers aux dimensions d'une glace de Venise.
Pour affronter les bêtes, l'homme prend son fusil ;
pour affronter les hommes, il prend la bombe H.
Mais pour affronter Stonehenge ou les alignements
de Carnac, il prendra quoi ? Il n'a d'armes que dans
la plus allègre inconscience.

Cependant, l'homme soupçonne quelque chose,
comme Tristan da Cunha soupçonne le calmar
géant dans les abîmes de la mer où il est isolé. Il a
dessiné sur la paroi des cavernes, il a chargé ses
parois d'un message. Il a dessiné ses désirs et ses
ambitions sur la pierre. C'était un aide-mémoire. Il
disait : « Moi j'oublie, mais toi, n'oublie pas. Quand
je suis devant le bison, l'auroch, le mammouth ou
le tigre à dents de sabre, j'oublie mon désir pour
penser que j'ai envie de vivre et très souvent je

détale. N'oublie pas que je veux les tuer pour les
manger ; que, bien que je sois l'homme du Néanderthal ou même le vieil ancêtre du désert de Gobi
dont les Américains ont perdu la mâchoire en se
battant contre les Japonais, je ne pense pas qu'à
manger. Ou plutôt je pense si naturellement à
manger que cela ne s'appelle plus penser. Par
contre, quand j'ai abattu une dizaine de quintaux
d'éléphant ou quand j'ai été coincé au fond d'un
trou par un de ces félins qui ont des dents en
cimeterre de Turc et que je m'en suis sorti, alors je
pense, je pense et je hurle en même temps et ma
pensée est ce hurlement qui dit que je suis resté
vivant : donc, le plus fort. » Il voulait avoir ce petit
discours constamment sous les yeux et il le dessinait sur les parois de sa caverne.

Un jour, il a essayé de gratter une pierre. De là, la
Victoire de Samothrace, la *Vénus* de Milo, pour ne
parler que de marbre. Il y a plus. Le tigre à dents
de sabre lui-même s'était peu à peu usé dans le
roulement et le roulement de la terre. Pris entre la
terre et le ciel, usé jusqu'à n'être plus que ce tigre
mexicain, ce puma, ce petit lion à peine capable de
grimper aux cactus pour fuir la galopade et les
défenses des sangliers sauvages : un félin à peine
capable de découdre un fox-terrier. Mais, représenté en pierre, en onyx, d'ailleurs — ce qui n'est
pas la première pierre venue —, il était cent
milliards de fois plus fort, plus cruel que le pauvre
mastodonte à cimeterre turc. Le tigre en onyx était
installé sur une estrade, au pied de pyramides
étranges, s'élevant dans la forêt. Et au sommet de

cette pyramide était une pierre creuse semblable à une baignoire et, de cette pierre creuse sortaient des tuyaux de pierre descendant jusqu'à la tête du tigre en onyx. Avec un petit couteau d'obsidienne on égorgeait, là-haut dans la baignoire, dix, vingt, cent, mille, dix mille, cent mille hommes jeunes, frais, roses, pleins de vie et pleins de ces pensées magnifiques, semblables — toutes proportions gardées —‘à celles que le Néanderthal, Cro-Magnon et autres ancêtres avaient dessinées sur la paroi des cavernes. Leur sang ruisselait jusqu'au tigre en onyx, le baignait, le recouvrait, le noyait, mais il en émergeait toujours, inchangé, semblable à lui-même, éternel, révéré et divin. Quel charmant petit tigre, quel roi des tigres ! Si les schistes marneux de quelque Sibérie s'ouvraient, si le silex de quelque Gobi éclatait, si les parois de serpentine de l'Himalaya s'effondraient un beau jour, livrant à nos yeux toutes ces familles troglodytes de monstres à dents de sabre momifiés, je ne serais pas plus effrayé que par le petit tigre en onyx qui est bien sage, maintenant, au musée de Mexico. Bien sage pour avoir passé la consigne de sa baignoire, de ses canalisations et de ses égorgements à d'autres minéraux qu'on ne prend plus désormais la peine de sculpter en forme de tigre, mais qu'on dissocie, qu'on désintègre, qu'on réintègre, qu'on fait passer par la machine à libérer d'un seul coup les forces accumulées par de lentes actions, pendant des milliards d'années.

On est forcé d'arriver à ces minéraux sournois, laids comme des poux, pleins de mensonge, d'hy-

pocrisie et de perversité. Il n'y a qu'à faire
confiance à l'homme. Il cherche, il trouve. Il est
curieux et rien ne le dégoûte. On étonnerait
beaucoup le Pentagone en disant que les recherches
nucléaires ont commencé le jour où le premier
homme, grattant la pierre, a réussi à lui donner une
apparence humaine ou, plus totalement encore, a
réussi à lui donner l'aspect d'une forme vivante.
Quelquefois, elle l'a toute seule. On trouve parfois
sur les plateaux, où se succèdent sur des roches
nues la chaleur et le gel alternés, des pierres
éclatées ou rongées de pluie (ou les deux) qui ont
l'apparence d'une forme vivante : profils ou visages,
grotesques ou divins, serpents, chevaux, poissons,
oiseaux. Le hasard est un grand maître. Le tigre en
onyx est venu de là. De là, Zeus. (C'était un signe.)
Sans cette marche à suivre, pas de Pygmalion. Il y a
une belle Chartreuse de Parme à écrire : celle où
Clélia Conti est un bloc de granit.

On s'étonne de la disparition des sculpteurs dans
la société moderne. C'est qu'ils ont été remplacés
par les savants de l'industrie nucléaire. Les propos
des deux sont les mêmes ; les seconds s'y prennent
seulement d'un autre biais. Les premiers avaient la
naïveté des paradis ; les autres sont d'ailleurs tout
aussi naïfs. Ils n'ont inventé que de prendre la
pierre d'un autre bout.

Au seuil du temple de Kandaruya Mahadeva, un
petit Mongol aux yeux bridés, ou peut-être un de
ces Hindous maigres qui ne vivent que par le regard,
a sculpté un lion, ou, plus exactement, une femme
au lion. La femme est une petite divinité grasse,

une petite paysanne dodue, une femme à prince,
bien nourrie, ample de fesses et de hanches, souple
de corps, très suavement joufflue : ce qu'on appelle
une caille, un mélange vraiment intime de comestible et de volupté (comestible étant pris dans le
sens où le prennent les commerçants qui marquent
le mot « Comestibles » au-dessus de leur porte). Le
lion est un énorme lion à qui le poli de la pierre a
donné de la majesté; un lion qui ne sent pas
mauvais de la gueule; dont le poil est semblable à la
plus belle soie, dont les griffes sont ornementales,
qui n'a de bauge nulle part (sauf dans le crâne du
petit Mongol ou de l'Hindou maigre à qui on
donnerait le bon Dieu sans confession); un lion très
supérieurement paternel et humain et qui ouvre
une gueule monstrueuse. La femme refuse, accepte,
se débat, s'abandonne, recule et se précipite. Elle
n'a pas encore décollé son gros derrière (et qui a
l'air de peser lourd) de la terre. Elle rejette la tête
en arrière aussi loin qu'elle peut, mais elle offre sa
poitrine et ses reins se creusent de façon suave. Le
lion l'a saisie simplement par la main et la tire vers
lui.

Le petit Mongol (ou l'Hindou maigre) a dû être
très content. Il devait s'arranger pour passer de
temps en temps sur la place du temple. Se voyait-il
sous la forme du lion? Cela ne fait aucun doute.
Mais il est certain qu'une partie de son âme était
restée prisonnière de cette forme de femme en
pierre.

Si j'ai parlé du temple de Kandaruya Mahadeva,
c'est que ses ruines s'élèvent dans une partie de

l'Inde très riche en sculptures qui parlent du dieu des corps. Trente temples se dressent au milieu de la brousse. Ils sont recouverts de délicates scènes amoureuses. C'est tout ce qui reste de ce qui fut au Xe siècle la capitale du royaume de Jahoti. Ces lieux couverts de bambous et d'herbe à tigre, ces marécages hantés de cobras et de boues nauséabondes, ces lianes, ces arbres gigantesques semblables à des potences à serpents, qui dirait qu'ils ont été le berceau d'amours exactement aussi tendres, aussi cruelles, aussi égoïstes que les nôtres ? Quand l'explosion atomique préfigure devant nous la fin de notre monde de pierre et nous montre comment tout commence, elle contient, tout en le détruisant, le petit Mongol aux yeux bridés qui sculptera, dans on ne sait quel élément minéral d'on ne sait quel Sirius, une femme au lion, exactement semblable en esprit à celle qui résiste et qui cède, devant le temple de Kandaruya Mahadeva.

Qu'il s'agisse d'atteindre les dieux par l'amour ou par la colère, c'est de pierre que se servent les hommes. Ils ont d'abord entassé Pélion sur Ossa. L'aventure ne les a pas guéris ; et c'est de pierre qu'était faite la tour de Babel. L'entreprise n'était pas tout à fait dépourvue de logique et d'efficacité puisqu'il a fallu que la divinité ait recours à la confusion des langues pour se tenir à l'abri.

Tout le catalogue des passions a été exprimé avec de la pierre. Le monde chrétien a utilisé plus de pierres que de prières pour s'élever vers Dieu. Toutes les basiliques, les cathédrales, les chapelles, les plus humbles oratoires sont festonnés de feuil-

lages de pierre et habités par une foule innombrable
de saints et de saintes. Les scènes de la vie la plus
humble sont devenues les ornements du temple.
Les besognes rurales, les chasses, les chevauchées,
les errances des pèlerins, les haltes dans les vergers,
les gestes des bonnes femmes soignant dans les
hospices, les lépreux agitant leurs cliquettes, les
villes surgissant des horizons, les diables surgissant
des cœurs, les bosquets pleins de litanies, les
visages pleins de malice, les timidités, les men-
songes, les hypocrisies, les larges figures béates des
bonnes gens dont un démon soulève la robe, les
chevaliers sans peur et sans reproche mais pourris-
sant sous leurs armures, les squelettes qui crèvent
les chairs, la beauté qui fond comme du sucre, les
mille souffrances de Job, que la vie la plus simple
contient, sont exprimés en pierre, ornent l'énorme
vaisseau de pierre où, dans une logette de pierre,
repose le symbole de Dieu. C'est un hommage total
et complet. Là, plus encore que dans la pierre,
s'exprime la vérité de la condition humaine; là, les
turpitudes ne sont pas voilées. Là, elles s'étalent,
elles servent de glorification. Elles disent : nous
existons et nous sommes horribles, comme vous
voyez, mais nous savons que Dieu est un docteur
sans répugnance et que, voyant notre mal, il le
guérira; ou il l'acceptera, car l'homme n'a pas
beaucoup changé depuis l'époque où, sur la pierre
de sa caverne et avec la pointe de pierre de sa
hache, il dessinait le bison percé de flèches, le bison
devant lequel il avait détalé et qu'il aurait bien
voulu tuer.

Sur un des chapiteaux de l'église de Payerne on voit trois bons paysans à cheveux raides sortant d'un bois de sapins. Le bois de sapins est traversé par une rivière. Les bons paysans n'ont pas les pieds posés sur la terre ferme d'un champ mais sur le dos mouvant d'un monstre bicéphale. En dehors de tout symbole religieux, cette scène est la représentation des sentiments du sculpteur. Il a pensé, avant toute chose, à la représentation de ses sentiments et des formes vivantes. Nous savons qu'il connaît la forêt où serpente la rivière et qu'il a eu la sensation de poser son pied sur un monstre en le posant sur la terre. Qu'il ait voulu représenter des mages, ou des prophètes, ou des saints, le fait est qu'il s'est servi de ses propres sentiments et des sentiments de ses copains ; qu'il a mis les présents : les livres et les sceptres, entre les mains de ses camarades et entre les siennes ; qu'il a représenté son corps à lui, son costume à lui, le corps et le costume des compagnons qui buvaient le coup avec lui dans cette scène sacrée. Il a construit sa petite Babel personnelle pour atteindre Dieu qui va trop vite, qui est trop gros, trop effrayant, Dieu qu'il n'a pas atteint en réalité et auquel il pense et qu'il désire pendant les nuits de sa caverne.

Un autre chapiteau de la même église de Payerne (je m'attache à cette église car il y a eu là — comme il y a eu un petit Mongol dans le temple de Kandaruya Mahadeva — il y a eu là un Suisse qui n'a écouté personne et qui s'est représenté lui-même. Lui-même : j'entends sa vie et la vie de Payerne au XIe siècle), un autre chapiteau de

Payerne montre une Vierge à l'enfant. Cette Vierge est privée de toute séduction banale. C'est une femme quelconque à part ses longs cheveux dont elle s'est enveloppée jusqu'aux pieds; mais toutes les femmes ont de longs cheveux. Elle n'est pas jolie comme le seront les Vierges italiennes et françaises, ni gracieuse. Son visage n'a pas le contentement sévère des Vierges heureuses d'avoir donné le sein au fils de Dieu. C'est une bonne femme un peu ahurie qui tient dans ses bras un énorme enfant à tête de vieillard. Le Suisse de Payerne avait dû voir cent fois dans son XIe siècle des femmes pauvres, accroupies au bord des chemins, tenant des enfants dans leurs bras; peut-être n'étaient-elles vêtues, elles aussi, que de haillons et de longs cheveux? « Et pourquoi, s'est-il dit, une de celles-là ne serait pas choisie pour porter le fils de Dieu? Avant même que de naître, il connaîtra la misère humaine. »

Ainsi, dans une époque où il n'était pas encore question de confier aux physiciens et aux chimistes le soin de faire exploser l'atome, un simple petit Mongol, un Suisse débonnaire au cœur naïf et anarchiste, avec quelques pierres donnaient au monde de l'âme un branle qui ne s'est pas arrêté...

Un autre chapiteau de Payerne représente les quatre grands prophètes portant sur leurs épaules les quatre grands évangélistes. La pierre même dans laquelle le symbole est sculpté donne une intensité dramatique bouleversante à la scène. Les quatre personnages portant les quatre autres sur leurs épaules sortent du chapiteau comme d'une caverne de la terre. Dans les moments de l'humanité où tout se détruit pour se reconstruire, les hommes éprouvent le besoin d'en élever d'autres (les meilleurs, ou ceux qu'ils croient les meilleurs) sur leurs épaules. C'est ce grave moment qui est ici perpétué pour nous dire qu'à chaque instant nous sommes détruits et reconstruits et qu'il n'y a de recours qu'en ces chefs, ces maîtres. Ces chefs, ces maîtres qui sont de bonnes gens de Payerne, pas plus malins que les autres, pas plus beaux, mais tristes et éperdus de la mission qui leur a été confiée. Ils sont même tellement de Payerne qu'ils abolissent tout l'Orient d'où vient l'histoire. La pierre ici a pris la place d'un cœur humain et ce cœur desséché depuis des siècles continue à lancer du sang et de l'espoir dans nos artères.

Qu'on poursuive un bison ou un dieu, on a des peurs horribles et des sursauts de courage ; ces derniers, c'est à l'abri qu'on les éprouve. Sur le terrain de chasse, on se sent faible et nu. Quand le monstre charge, on fuit. On n'en est pas fier. D'autant moins qu'on sait le bison ou le dieu vulnérable et qu'on finira bien par l'immobiliser d'une flèche ou d'une pierre, qu'il achèvera sa course en enrichissant notre chair, notre sang, notre esprit. Mais cette fois encore on a échoué ; la terreur qu'il inspire a été la plus forte. Elle n'est plus la plus forte depuis qu'on est à l'abri. Alors, l'homme préhistorique de Lascaux, le petit Mongol ou le Suisse de Payerne dessinent sur la pierre ou sculptent dans de la pierre les formes, et même l'esprit de leurs désirs.

Les paysans de Payerne élevés à la dignité de messagers éternels rejoignent les prophètes de la cathédrale de Borgo San Donnino, le masque de Saint-Philibert de Tournus, le vigneron dans sa cuve du tympan d'Autun. La pierre a mis en majesté les humbles gestes de leur métier, de leur vie quotidienne. Rien n'est plus ordinaire que de fouler des raisins dans la cuve. On a vu cent fois des vignerons en train de le faire. On n'a jamais, devant ce spectacle (cependant plus riche en formes et en couleurs que sa représentation sculptée), on n'a jamais pensé à l'humanité foulée par la mort. On ne s'est pas dit : « C'est moi qui suis dans cette cuve et c'est Dieu qui me foule. » Devant le médaillon du tympan d'Autun, on y pense. On ne pense même qu'à ça et pas du tout au vin et à la bonne odeur des vendanges et à l'admirable lumière de l'automne.

Le lion du temple de Kandaruya Mahadeva ne peut être tué d'aucune flèche. Il est, quoique tout nu, cuirassé de toute la violence des passions du petit Mongol (ou de l'Hindou maigre) et même la balle blindée et explosive des chasseurs d'éléphants ne pourrait pas interrompre la gentillesse cruelle avec laquelle il tire la femme vers sa gueule. La pierre a donné une forme tangible à la permanence de la cruauté sans remords, à la légalité universelle du meurtre nécessaire. On a beau imaginer le spectacle des grandes profondeurs de l'océan, des fosses au fond desquelles le romantisme moderne (qui a toujours besoin de dragons) suppose que les monstres se dévorent, l'œil du bathyscaphe ne

découvrira pas de scène plus effrayante que celle de
la femme au lion. Comme pour le vendangeur
d'Autun — qui n'était pas un vendangeur mais la
mort, mais le dieu cruel — à partir du moment où
il a été sculpté en pierre, le lion de Kandaruya
Mahadeva n'est pas un lion : il a les yeux d'un sage
et sa griffe est comme la main grasse et très soignée
d'un pape des papes. Il a même un collier autour
du cou; ses poils lui font comme un justaucorps;
ses pattes antérieures ont des manches de poils
ornées de boutons; ses cuisses et ses membres
postérieurs semblent porter culotte. Et surtout, il
est lion débarrassé par la pierre de toute jungle, de
toute lionne, de tout chasseur. C'est moi, c'est
nous, dans nos exercices de haute école.

Et les paysans de Payerne sortent du bois. Je
suppose qu'à l'époque où ils ont été sculptés, on
pouvait dire qu'ils étaient Pierre, Jacques ou Paul,
fils d'un tel et un tel. On devait pouvoir même dire
de quel bois ils sortaient, par quelle lisière, sur le
champ de qui ils se tenaient, bien que ce champ ait
été sculpté en forme de dragon bicéphale. Car il ne
s'agit pas d'attributs pour déterminer leur puissance. Le vigneron d'Autun est un simple vigneron
bien exact et les paysans de Payerne sont des
paysans bien exacts. Il ne s'agit que de la majesté
que donne la pierre.

(Il y a des gens qui sont très respectueux devant
leur buste. Et pourtant, ils se connaissent.) Les
trois paysans sortent du bois, non plus dans le
paysage de Payerne mais sur le chapiteau de leur
église et on sait qu'ils ne sortent pas pour rien,

qu'ils ne viennent pas de chercher des champignons ou de faire un tour. Ils portent des sceptres et des cassettes, mais le bâton qu'on ramasse peut ressembler à un sceptre et quelques champignons pliés dans un mouchoir peuvent donner l'illusion d'une cassette. Non, s'ils sont en majesté, si personne n'a plus envie de les appeler Pierre, Jacques, Paul, fils d'un tel et un tel, malgré la ressemblance, c'est qu'ils sont en pierre, au sommet d'une colonne de pierre, soutenant des voûtes de pierre. L'église elle-même! Ce n'est pas elle qui leur donne cette majesté : c'est eux qui donnent la majesté à l'église.

Ainsi pour les sourires de Reims, les rois maigres et les reines filiformes de Chartres et de Bourges, les bergers de Sainte-Marie du Capitole de Cologne, les acrobates de Lérida, les saintes femmes d'Arles, le gisant du Prince-Noir de la cathédrale de Canterbury; ainsi pour la Vierge de Verrocchio, au Bargello de Florence, qui est le portrait d'une femme que les Florentins du xve siècle rencontraient dans la rue (qui pour nous est la Vierge), et le bébé qu'elle tient dans ses bras était le sien, ou peut-être celui d'une amie, ou simplement un enfant quelconque qu'on faisait poser. (Et maintenant il est le fils de Dieu.)

Évidemment, c'est se servir de la pierre à la façon des enfants. Un jour que je descendais les Apennins, vers Sienne, il faisait un temps glacial. Je me suis arrêté dans une misérable auberge au bord de la route pour demander du café. J'étais encore dans les hauteurs et cette auberge n'était qu'une ferme

sur laquelle on avait écrit le mot : albergo. Il n'y
avait pas de café et, à l'idée d'en faire, on leva les
bras au ciel. « Il n'y avait pas de machine », me dit-
on. En Italie, sans machine, pas de café. On connaît
assez ces machines. Le brouillard froid qui m'avait
enveloppé jusque-là et qui continuait à emplir les
vitres de la fenêtre me donna l'audace de proposer
de faire du café en mettant simplement une
casserole sur le feu de l'âtre. Le paysan montagnard
qui était l'aubergiste me rit au nez, me considéra
comme un attardé, se refusa formellement à
employer ces moyens de sauvage et me proposa un
verre de vin qu'en désespoir de cause j'acceptai.
Pendant qu'il me décrivait le sort cruel d'un
homme du xxe siècle privé de café jusqu'à la fin de
ses jours parce qu'il n'avait pas l'argent pour se
procurer un percolateur à manomètre, je regardais
une petite fille qui jouait à mes pieds. Elle jouait à
la poupée avec une pierre. Elle en avait choisi une
longue qui semblait avoir un corps et qui avait une
tête depuis qu'avec un crayon elle avait dessiné des
yeux et une bouche. Elle avait habillé la pierre avec
des étoffes ; elle lui avait même mis un bonnet. Cela
suffisait à la distraire, à la soulager de ce sentiment
maternel qui occupe toutes les petites filles. C'est
ce que font les sculpteurs.

Dès qu'un chimiste pénètre dans l'intérieur de la
pierre, non plus à la façon de mon médecin
vallorbais, en ramonant des siphons, mais par
l'analyse, il ne s'agit plus de sentiment ; ou peut-
être d'un seul : de l'orgueil d'être homme. Je ne
vois pour ma part aucune raison d'orgueil dans ma

position vis-à-vis de l'univers et ce que nous
appelons notre science (la somme de toutes nos
connaissances) me paraît bien limitée. Si les créa-
tions de la science des hommes nous épatent, c'est
que nous sommes faciles à épater. De tout temps il
y a eu des gens qui n'ont pas voulu jouer à la
poupée. Ils croyaient être de trop grands garçons.
Quand le Suisse débonnaire de Payerne sculptait
les chapiteaux de son église à coups de marteau, il
devait y avoir quelque part un autre Suisse moins
débonnaire qui, comme tout le monde, recherchait
la pierre philosophale.

Ces gens moins débonnaires que les sculpteurs
(et dont le propos était à l'origine le même : charger
la pierre d'une mission de remplacement) avaient,
si l'on en croit les iconographes, de grandes barbes
et des yeux cruels. Leur attirail était bien différent
de l'attirail du sculpteur. Pendant que le travail de
celui-ci s'exerçait au grand air, au milieu même de
la lumière et pendant qu'on chantait, c'est-à-dire en
pleine sérénité d'âme, l'alchimiste se calfeutrait
dans des caves profondes, verrouillait porte sur
porte entre le monde des apparences et le souter-
rain où il exerçait son art, et son outil le plus
précieux était son inquiétude. Au lieu de marteaux,
de ciseaux, de compagnons, il se servait de cornues,
de filtres, d'athanors et de solitude.

C'était une autre famille d'esprit et qui prenait la
pierre par un autre bout. Le besoin de divertissement de cette famille d'esprit et son besoin
d'expression ne pouvaient pas se satisfaire des trois
paysans de Payerne sortant du bois. Elle poursui-

vait d'autres monstres que des bisons ou des dieux. Elle considérait la matière — la pierre — comme une condensation d'énergies non spirituelles, et, ce qui la divertissait, c'était de rechercher les moyens de libérer cette énergie. Malgré l'iconographie dont j'ai parlé tout à l'heure et que tout le monde connaît, ils étaient loin d'être de vieux fous barbus, entourés de cornues et de hiboux empaillés.

Ils étaient partis fort raisonnablement des premières pagès de notre essai. Ils savaient (comme nous le savons) que la pierre est d'abord le gaz des lointaines nébuleuses et qu'elle a pris corps après de nombreuses déflagrations. Déflagrations qui ont brusquement enfermé dans du soufre, du granit, du porphyre, du plomb, du marbre, une prodigieuse énergie qui, prisonnière, lui donne son aspect de pierre inerte.

Pendant que les uns voyaient leur bonheur à sculpter dans cette pierre inerte les paysans de Payerne ou le lion à la femme, eux, se désintéressant totalement de ces libérations de forces spirituelles, cherchaient à libérer les forces mêmes de l'univers.

On voit que cette façon de se distraire, de charger la pierre d'une mission de remplacement, n'est pas très éloignée des recherches des plus grands physiciens modernes. C'est un peu comme s'ils s'étaient dit : « Au lieu de dessiner le bison sur le rocher de la caverne, je vais charger ce rocher d'aller lui-même et à ma place me chercher ce bison. »

D'après ce qu'on en sait, ou qu'on croit en

savoir, ils se servaient, pour libérer cette énergie, de moyens empiriques. Pour moi dont le propos n'est pas de faire le départ entre la valeur comparée de Nicolas Flamel et d'Albert Einstein, l'emploi de ces moyens empiriques ne m'offusque guère. Ce qui importe, c'est que je montre bien à quel point l'homme de tous les temps est un compagnon formel de la pierre. Nous savons à présent que la totale désintégration d'un verre d'eau suffirait à détruire une ville ou à alimenter en énergie une fusée intersidérale. La bombe H ne désintègre que quelques gouttes d'eau. La désintégration d'un silex gros comme le poing ferait vraisemblablement éclater la terre. C'était donc véritablement un jeu de prince et nous devons bénir les moyens empiriques.

Ces apprentis sorciers manipulaient ainsi, sous de petits volumes, des milliards de tonnes de dynamite. Ils fourraient tout ça dans des forges ardentes et tiraient le soufflet avec ardeur et sérénité. Rien ne se produisait évidemment. Il faut plus qu'une forge; il faut surtout un esprit différent pour libérer l'énergie de la matière.

Toutefois, une partie de la vérité a dû se montrer à eux au cours de ces exercices dont certains, à l'échelle individuelle heureusement, ont été meurtriers Il faut remarquer en passant que le plus ancien texte alchimique connu est d'origine chinoise et remonte à quatre mille ans. Il est conservé au British Museum. Des textes égyptiens de même ancienneté ont été également découverts. C'est dire qu'il y a toujours eu, de tout temps, des gens débonnaires et d'autres qui le sont moins.

De vieilles gravures des xvᵉ et xviᵉ siècles montrent des alchimistes au travail, en haillons et au milieu de décombres inimaginables. Certains foyers de forge brûlaient sans interruption pendant cent ans, se transmettaient de père en fils, dévoraient pâturages, domaines, châteaux, familles, forêts. A ce point de vue, c'était réussi; la matière du monde se transformait en fumée. Cela s'appelait le « grand œuvre ». Alexandre Sethon — héritier (si l'on peut dire) d'un athanor provenant de Robert Figière qui lui-même l'avait reçu vivant (c'est-à-dire posé sur un foyer qui ne devait pas s'éteindre) des mains séniles de Jacques de Saint-Charles —, Alexandre Sethon se ruina complètement pour entretenir, sous quatre kilogrammes de porphyre mélangés à de la fleur de soufre, un foyer qui ne s'était pas éteint une seconde, pendant deux cent treize ans. Naturellement, il ne sortait rien de ces athanor; enfin, rien de comparable sur le moment aux trois paysans de Payerne. Ajoutons qu'Alexandre Sethon fut martyrisé et mis à mort sans rien révéler.

Cet Alexandre Sethon que, dans le dictionnaire alchimiste, on nomme Scotus, semblait cependant s'être donné pour mission de révéler à l'Europe les effets de la pierre philosophale, tout en se réservant le secret de sa préparation, si bien que, s'il ne sortait de ces athanor rien de comparable aux trois paysans de Payerne, il sortait néanmoins, semble-t-il, quelque chose. Ce quelque chose s'appelait flamme alchimique et les transformations que subissait la pierre s'appelaient anoblissement. On n'est pas très loin de Payerne, comme on le voit. Il s'agit toujours de sortir de notre condition humaine et de faire le dieu, d'être plus fort que ce qu'on est, d'utiliser notre intelligence, propos que l'homme a toujours réalisé en se servant de pierre (le plus naïf ayant simplement, au début, ramassé et jeté une pierre et ainsi projeté sa force plus loin que les atteintes de son bras).

Nicolas Flamel, Scotus, Albert le Grand, Simojon de Saint-Didier, Raymond Lulle ne faisaient pas autre chose que chercher à acquérir des forces supérieures à celles de leurs muscles. Comme toutes les entreprises poursuivies avec obstination et mystère, entreprises, au surplus, auxquelles il fallait tout se donner et tout donner, ces recherches tournaient à la religion : religion basée sur la transformation de la matière en énergie. Cela était appelé l'Étroite Voye. Ces grands seigneurs de la pierre furent témoins au cours de leurs travaux de phénomènes terrifiants. L'extraordinaire impression produite sur les premiers alchimistes par la révélation de la puissance de la matière a été tellement forte qu'ils préférèrent garder l'anonymat. D'une façon cocasse, on peut dire qu'ils ne voulaient pas signer de leur nom une probable fin du monde.

Ils craignaient encore plus (si l'on peut dire). Albert le Grand, dans son livre *De Alchemia,* met en garde les adeptes de l'Étroite Voye contre les dangers qu'ils courent en société. « Si tu as le malheur de t'introduire auprès des princes et des

rois, dit-il, ils ne cesseront pas de te demander :
" Eh bien! maître, comment va l'œuvre? Quand
verrons-nous, enfin, quelque chose de bon? " Et
dans leur impatience d'en attendre la fin, ils t'ap-
pelleront filou, vaurien, etc., et te causeront toutes
sortes de désagréments. Et si tu n'arrives pas à
bonne fin, tu ressentiras tout l'effet de leur colère.
Si tu réussis, au contraire, ils te garderont chez eux
dans une captivité perpétuelle, dans l'intention de
te faire travailler à leur profit. »

Bien que ce texte semble avoir prévu l'époque
moderne où des politiques ennemies se volent l'une
à l'autre leurs savants nucléaires, il ne s'agissait
encore que des prodromes et prolégomènes de la
désintégration atomique et des bombes A, B, C, D,
E, F, G. Les esprits encore naïfs ne poursuivaient
que la fabrication de l'or. On comprend néanmoins
qu'en cas de réussite, un monarque avait tout
avantage à fourrer son savant dans un cul-de-basse-
fosse bien profond pour qu'il n'aille pas donner de
l'or (nerf de la guerre et de beaucoup de choses)
aux copains, ou se faire roi lui-même, grâce à cette
fontaine inépuisable de puissance. On voit que,
sans aller jusqu'à la bombe H, les alchimistes
allaient assez loin.

On prétend que saint Vincent de Paul était
alchimiste. Il raconte lui-même dans une de ses
lettres comment il fut initié durant sa captivité en
pays ·barbaresque. Vendu comme esclave à un
alchimiste arabe qui l'employait comme garçon de
laboratoire, cet alchimiste le mit au courant de ses
travaux après qu'il eut fait serment de ne jamais

utiliser ces secrets que pour le bien. Cette restric-
tion est l'équivalent des articles de journaux actuels
sur l'utilisation pacifique de la désintégration atomique. Saint Vincent de Paul, rentré en France,
fabriqua de l'or, dit-on, pour le bénéfice de ses
bonnes œuvres jusqu'à ce qu'affluent les dons
populaires : ce qui ne se produisit qu'assez tard.

Cette pierre philosophale était donc capable de
détruire et de reconstruire les royaumes. Pour nous,
simples pioupious de l'humanité, la fabrication de
l'or nous paraît une industrie agréable : à condition
toutefois que nous soyons seuls à en fabriquer. Car,
si tout le monde se met à l'ouvrage, le jeu n'en
vaudra plus la chandelle. Mais si nous sommes
seuls, si nous avons dans un placard une petite
bonbonne sur un petit réchaud, un tube qui laisse
goutter des louis d'or, ça arrange bien les affaires.

La transmutation des éléments comprise de cette
façon a toujours été considérée par les alchimistes
comme un résultat secondaire, valable seulement
par la démonstration qu'il apporte. L'alchimie,
disent-ils, imite la nature et va beaucoup plus loin.
Ainsi, on a fabriqué récemment du plutonium que
la nature ne connaît pas. Une pierre nouvelle faite
par l'homme. Il ne se contente plus d'en ramasser ;
il a tellement peur qu'il en fabrique.

Cet art de se rassurer à l'aide de la recherche
scientifique s'appelle Art royal et Art sacerdotal.
J'ai voulu montrer qu'il est impossible de séparer la
matière de l'esprit et que la pierre — la valeur de
la pierre, l'importance de la pierre — est à la base
de la plus subtile des philosophies. Il y a dans ces

recherches autant d'intelligence, de beauté, de cruauté, de turpitudes que dans les aveux naïfs de la femme au lion; il y a autant de foi, sinon du même ordre que dans les paysans de Payerne. Et quand je dis sinon du même ordre j'ai tort car, qui imposera jamais des limites à Dieu? Il est assez vaste pour recevoir toutes les fois. Celle de l'alchimiste va en aussi droite ligne que l'autre. Elle ne peut pas aller ailleurs.

Il n'y a que la différence de la surface à la profondeur. On peut imaginer d'autres familles d'esprit qui prendraient la pierre par d'autres bouts, mais ils prendraient toujours la pierre, la matière sur laquelle nous sommes posés au milieu du ciel. C'est la seule chose qui soit à notre disposition. Perdus en mer, sculpteurs de lions ou de paysans, ramoneurs de siphons, nous ne pouvons pas ignorer que la pile atomique n'est qu'un simple arrangement dans l'espace de barres d'uranium et de graphite, qui n'utilise aucun courant, aucun autre élément extérieur. Il n'est pas impossible de concevoir que d'autres combinaisons infiniment plus simples libèrent également l'énergie. Quand j'avais peur d'un suc gastrique sécrété par les parois des grottes et finissant par digérer les spéléologues, je n'étais pas plus bête qu'un autre. On ne peut pas rester impunément plus d'une minute en présence des radiations de la bombe au cobalt. Qu'arriverait-il s'il était aussi facile de s'occuper de la profondeur de la pierre que de s'occuper de sa surface? S'il y avait autant de savants atomiques que de tailleurs de pierre?

Qu'arriverait-il le jour où ces combinaisons seraient
à la portée de tous? Nous sommes loin de l'inertie.
Nous commençons à trembler. La pierre devient
plus effrayante qu'une famille de tigres. Les cañons
du Colorado donnent un autre vertige. Nous nous
demandons quelle force monstrueuse dort dans les
hauteurs de l'Himalaya. Est-ce toujours le froid qui
tue l'alpiniste pendu à ses crochets? Est-ce le froid
qui dévore les mains et les pieds des vainqueurs des
8 000 mètres? Les orages magnétiques, la foudre
qui éclate dans le ciel serein de haute montagne
vient-elle du ciel ou de la terre? L'angoisse qui
étreint les cœurs les plus courageux dans les
paysages essentiellement telluriques vient d'où?
Ces paysages, à l'encontre de ce qui se passe pour le
cœur profond des forêts, sont clairs et baignés de
lumière : il ne s'agit donc pas d'une complicité de
l'ombre et des ténèbres.

Les arts de surface expriment donc les passions
humaines en les représentant. La pierre se transforme en symbole. La puissance qu'elle représente
est la puissance de l'homme. Les arts de profondeur expriment la passion de la pierre. La pierre se
transforme en énergie. Elle ajoute sa puissance à la
puissance de l'homme. Tout serait bien si la
puissance de l'homme était capable de rester
maîtresse dans cette alliance. Or, elle ne l'est pas. Il
y a une telle disproportion entre les deux forces qui
s'ajoutent que la force de l'homme dépassé n'est
plus maîtresse de soumettre les passions de la
pierre. On peut prévoir que les arts de profondeur
finiront par créer un lion si admirable qu'il ne se

contentera plus de tirer gentiment vers sa gueule
suave la petite femme à prince dont les fesses sont
si lourdes, mais qu'il dévorera notre monde d'un
seul rugissement. Les astronomes voient chaque
jour dans leurs lunettes des spectacles de ce genre.
Les novae, les étoiles nouvelles qui surgissent
brusquement et flambent dans un canton du ciel et
dont la passion lumineuse dure un ou deux jours,
sont des lions de l'art de profondeur. Ce qu'au
début de cet essai nous considérions comme de
l'inertie, a bec et ongles, et muscles et passion,
mais, ceci étant dit, tout n'est pas dit. Demain,
peut-être, d'autres familles d'esprit, prenant la
pierre par d'autres bouts, arriveront à la faire agir
dans des sens que nous sommes incapables d'imaginer. Les artistes des arts de profondeur qui sont
amenés à mépriser les artistes des arts de surface
seront peut-être méprisés un jour et considérés
comme des enfants par des artistes nouveaux. Les
terreurs qui nous saisissent devant les alignements de Carnac, de Stonehenge viennent peut-
être d'un instinct très sûr. Nous savons déjà que
les boulets de pierre que les bombardes turques
jetaient contre les murs de Constantinople étaient
des bombes qu'on ne savait pas encore amorcer.
Les pyramides sont peut-être des mines magnétiques dont, par bonheur, nous n'avons pas encore
su chatouiller l'amorce. Le tigre d'onyx sur lequel
les petits Mayas faisaient ruisseler le sang de
milliers de victimes va peut-être un beau jour
pulvériser le musée de Mexico, le Mexique et
creuser un abîme entre les deux Amériques. Et si la

porte du Soleil, des déserts de l'Altiplano Andino,
ouvrait vraiment sur le soleil ! Nous qui croyions au
début qu'elle n'ouvrait sur rien !

Certes, quand il faudra trembler devant une
pierre à briquet, la vie sera détestable. Et comme la
vie ne peut pas être détestable par définition, nous
trouverons bien des biais. Nous en avons trouvé
jusqu'ici. Pour un quarteron de savants nucléaires
qui finissent par parler un langage qu'ils sont seuls
à comprendre, nous, le *vulgum pecus,* nous utilisons
la pierre comme de bons enfants ; et vogue la
galère !

Quand on arrive à Sienne par la route de Rome,
on voit surgir, au-dessus des oliviers gris, une ville
rousse hérissée de tours. Il y a les clochers des
églises et les tours que les particuliers faisaient
élever pour manifester la puissance de leur maison.
Dès qu'il s'agissait d'avoir le pas sur le quidam qui
vous regardait d'un drôle d'air, dans la rue, vous
convoquiez votre maçon et vous lui disiez : « Élève-
moi donc ma tour de quelques mètres ; que ce type-
là sache bien, non seulement que je suis quelqu'un
mais encore que, si fantaisie me prenait, je pourrais,
de là-haut, cracher sur sa tombe. » Pendant ce
temps, le quidam lui-même, effrayé du regard qu'il
avait rencontré dans vos yeux, s'empressait de
prévenir son entrepreneur. « Ajoutez donc quelques
mètres de muraille à ma tour. Il y a un type qui m'a
regardé d'un drôle d'air et je ne voudrais pas que
cette chose-là se reproduise. » A la suite de quoi, on
déchargeait, devant les deux portes, des tombe-
reaux de pierres, et des maçons ennemis commen-

çaient à élever les tours ennemies qui, maintenant, il faut le reconnaître, font très bien dans le paysage. Il s'agit ici de l'utilisation de la pierre dans la politique. Car la plus haute tour haussait dans le ciel l'homme le plus puissant.

J'aime beaucoup l'architecture profane. Mon grand plaisir est de me promener dans un pays étranger et d'acheter des maisons. Il faut naturellement que ces maisons soient habitables mais les palais conviennent et, bien que j'aie pris soin de penser que j'aimerais surtout l'architecture profane, certaines églises et même certaines cathédrales ont été l'objet de ces achats. Pas des tas, néanmoins : églises et cathédrales posent des problèmes de chauffage difficiles à résoudre. Je suis alors tenté d'abandonner le costume moderne qui n'entoure pas assez les hanches (si l'on doit habiter sous de vastes voûtes froides) et de prendre la robe de bure, surtout celle à capuchon. Cela entraîne vraiment trop loin. Aussi, faut-il que je sois poussé par un désir irrésistible — c'est-à-dire, faut-il que l'édifice religieux soit d'une beauté rare pour que je me laisse aller à acheter une cathédrale, ou même une église de moyenne importance. Je crois qu'en tout et pour tout j'en ai acheté trois et que je m'en tiendrai là. J'en ai une à Viterbe, derrière la place aux morts ; j'en ai une à Rome (c'est une des deux qui encadrent l'ouverture du Corso sur la Piazza del Popolo : celle de droite. Celle-là, on pourrait y vivre en redingote, à condition que la redingote soit ce qu'elle doit être et qu'elle était au début, la riding-coat) et la troisième (achetée l'été dernier) est l'église de Quirico d'Orcia, un bourg entre Rome et Sienne. On voit qu'il ne s'agit pas de folie des grandeurs et que j'ai eu le bon sens de ne pas perdre mon temps et mon argent à me mettre sur les bras le dôme de Milan.

Elles sont toutes les trois dans les mêmes parages. Viterbe est à cent kilomètres de Rome et Quirico à cent kilomètres de Viterbe. Ce sont distances faciles à couvrir avec une auto, et même il y a des cars qui font le service. Si bien que, lorsque je me déciderai à aller habiter une de mes acquisitions, les autres pourront augmenter mon confortable sans trop modifier mon atmosphère. Très certainement, ce sera l'église de Quirico d'Orcia qui sera ma maison proprement dite ; l'église du Corso devenant alors mon pied-à-terre à Rome et celle de Viterbe l'intermédiaire, pour les jours où, le ciel étant trop blanc, je craindrai de m'enfoncer plus avant dans les montagnes.

Quirico d'Orcia étant un bourg d'à peine quelques milliers d'habitants, il ne faut pas croire que j'ai acheté par souci d'économie. Pas du tout : quelques milliers d'habitants suffisent, s'ils ont du goût, pour avoir et conserver une fort belle église. Celle-là n'est pas époustouflante, entendons-nous. Elle est à peine marquée dans les guides. Je me méfie d'ailleurs des guides. Ils font une réclame extraordinaire pour certaines églises, allant jusqu'à marquer les dates approximativement d'origine et même le nom des peintres qui ont badigeonné — fort bien, quelquefois, je le reconnais — les murs.

Quand il s'agit d'acheter, et surtout d'acheter pour
y vivre, tout ça n'est que de l'attrape-nigaud.

L'église de Quirico d'Orcia a, dans un espace
restreint, un entrecroisement de voûtes basses, à la
Piranèse, et de ponts volants dans lesquels, en
laissant les grandes portes ouvertes, le soleil vient
découper de belles ombres. C'est évidemment un
séjour d'été. L'hiver, il faudrait fermer et mettre un
poêle. J'ai peur que le poêle fasse triste, mais l'été,
et, comme je le répète, les grandes portes ouvertes,
c'est la gaieté dans la gravité : ce à quoi je suis le
plus sensible. Une grande table, posée sous ses
voûtes, serait la table de travail idéale. Le jeu des
voûtes suggère à la fois l'envol et l'immobilité : tout
ce qu'il faut pour goûter profondément la joie des
fauteuils. Le degré de fraîcheur que j'ai vérifié (et
par vent de sirocco du sud) est admirable. Il y a de
petites ogives où l'on peut placer un pot à tabac à
rafraîchir, et, de temps en temps, quand j'aurai
envie de prendre un peu de distraction, il me
suffira de venir faire quelques pas sur la place,
jusqu'à une porte du village, à quinze mètres
exactement de mes grandes portes et par où l'on
domine un immense pays d'ocre rouge chargé
d'oliviers qui, par contraste avec la couleur de la
terre, ont des feuillages couleur de bronze. Sur la
petite placette, il y a un bistrot tenu par deux
femmes très aimables. Quand il me sera permis de
les appeler par leurs prénoms — ce qui, en tout
bien tout honneur, ne peut pas manquer de se
produire quelques jours après mon installation — il
me suffira, du fond de mes voûtes, de crier

gentiment un de ces prénoms pour que je voie arriver une de ces deux femmes m'apportant verre de bière fraîche et mousseuse ou vin de pays. Je prendrai d'ailleurs mes repas à ce petit bistrot et sur la terrasse, à deux pas de chez moi. Et quand je me serai bien rôti, quel plaisir d'aller retrouver mes papiers et mes livres dans ces ombres rondes et lumineuses où la plus petite anémone, la plus humble jatte, la plus modeste bouteille de verre vert et la plus pauvre lunette de fer composeront une de ces adorables natures mortes que Carlo Crivelli peint en marge de ses Vierges.

Avant d'acheter, évidemment, j'ai tout visité. J'ai repéré l'endroit où je placerai une partie de mes livres (une partie, car il faudra en garder pour constituer la bibliothèque de Viterbe et même celle de Rome). J'ai vu dans quel coin je mettrai mon lit et j'ai pris les dimensions de l'embrasure où il faudra installer une sorte de banquette confortable, destinée au repos et à la méditation de mes visiteurs. On a beau dire : c'est mieux que de loger chez l'habitant. Chez l'habitant, il y a toujours quelque chose qui ne colle pas. L'habitant, avec beaucoup d'égoïsme, fait sa maison pour lui. Les maisons ne sont rien d'autre que l'équivalent d'une pierre creusée. Comme il serait trop difficile d'y creuser des vides exacts, on préfère reconstituer la pierre autour des vides préalablement déterminés mais, au fond, cela revient au même. Or, l'habitant détermine la forme et le volume du vide habitable suivant ses conceptions du bonheur. Il est rare qu'elles coïncident avec vos propres conceptions.

C'est pourquoi je préfère acheter, qu'on débarrasse les lieux et que je m'installe à mon gré. Libre à moi d'utiliser ensuite à ma fantaisie et au mieux des exigences de mon bonheur. Ce qui était le salon devient ma chambre à coucher; ce qui était la salle commune devient mon lieu de retraite; la cuisine est parfois transformée en cabinet de travail et la bibliothèque en penderie.

Ainsi, cette église de Viterbe — qui a été une folie, car en réalité la possession d'un pied-à-terre entre Rome et Quirico d'Orcia ne s'imposait pas; d'autant que, si je n'hésite jamais à acheter une maison, j'hésite toujours à acheter une auto et que, pour faire arrêter le car Rome-Sienne à Viterbe, il faut la croix et la bannière et notamment les bonnes grâces du chauffeur — ainsi donc, cette église de Viterbe, je l'ai achetée à cause d'une galerie de pierre, ajourée comme une dentelle, qui entoure un jardin en terrasse, grand comme un mouchoir de poche. Ce n'est pas un cloître, ou, si c'en est un, c'est un cloître pour une personne. Vous me direz que, dans ces cas-là, on fait des sacrifices. J'en ai fait, car la pièce qui donne sur ce petit cloître est vraiment de dimensions un peu exagérées. Elle doit faire soixante mètres de long sur vingt de large et neuf mètres de hauteur de plafond. Les grands sentiments n'y sont pas gênés, bien sûr; ils sont même un peu provoqués, mais j'ai assez l'expérience de la vie pour savoir qu'en règle générale, on utilise surtout les sentiments moyens. Et puis le chauffage! Je vois très bien ma table installée dans l'embrasure profonde d'une des treize fenêtres,

hautes de six mètres et larges de trois, qui donnent
sur l'admirable place des morts. J'ai pensé également à un paravent qui pourrait peut-être concen-
trer vers moi la chaleur d'un brasero, mais, outre
que le paravent me paraît être une solution de
facilité, reste le complexe d'infériorité que l'on
inflige à ses visiteurs en les obligeant à parcourir
une vingtaine de mètres avant d'atteindre le coin où
l'on peut entamer une conversation intime. Il est
vrai que, le sol étant de terre battue et non pas
de dalles vernies et glissantes, je cours moins le
risque d'être pris pour un mégalomane; mais le
danger subsiste.

C'est vous dire que j'ai pensé à tout et les choses
étaient en balance quand j'ai vu, comme si je le
voyais pour la première fois, l'escalier que j'avais
gravi pour atteindre cette vaste salle. J'ai vu cet
escalier à l'envers, c'est-à-dire d'en haut. Je me suis
empressé de le descendre pour le contempler d'en
bas. C'est lui qui a emporté la décision. On ne
pouvait plus hésiter. Il donne aux proportions de
l'ensemble une suavité exquise; il met en place
l'arche des portes; il m'a montré une foule de
détails que je croyais secondaires : bref, il n'était
plus question de résister. Je n'habiterai peut-être
jamais l'église de Viterbe mais le fait de savoir
qu'elle est à moi me rassure.

On dit souvent d'un tel ou d'un tel qu'il a la
maladie de la pierre. Non pas qu'il soit dans la
triste obligation de se faire « tailler », comme disait
feu M. le duc de Saint-Simon, mais parce qu'il a la
passion des maisons, constructions et architectures.

Quand on ne l'a pas comme moi, on se ruine vite et souvent pour des résultats bien médiocres. Faire construire exige un esprit confiant et une propension à soumettre ses désirs aux réalités. Tandis qu'en choisissant sur pièces existantes, comme je le fais, on ne court pas de risques. C'est l'eau à la bouche qui vous fait manger. Les petits inconvénients dont je viens de parler : les dimensions de la vaste pièce, ces problèmes de chauffage dont j'ai l'air de faire toute une affaire (pure coquetterie d'un âge avancé) ne sont rien à côté des joies de la possession d'une chose parfaite.

Et quand je dis parfaite, c'est parfois question d'imperfection. Ce ne sont pas toujours les nombres exacts qui font le bonheur. Il y a, sur les bords du Tibre, et presque côte à côte, deux petits temples, un rond, celui de la Fortune virile ; un rectangulaire, celui di Giove Capitolino, qui sont des merveilles d'exactitude ; à se lever la nuit pour revenir les contempler. Le plaisir qu'ils me donnent est sans mesure. Je n'ai jamais eu envie de les acheter. Les posséder n'augmenterait pas ma joie. Je n'ai pas envie d'acheter certains vers de Racine ou certaines phrases de Mozart. Les posséder en propre me gênerait. Je n'aurais de cesse avant de les mettre dans le domaine public.

Tandis que l'église de droite, à l'entrée du Corso : Santa Maria dei Miracoli (l'autre est Santa Maria del Popolo ; je préfère les Miracoli à cause d'une certaine couleur de la lumière et aussi parce qu'étant moins dans l'axe de la Piazza del Popolo, cette vaste conque pavée luit d'un plus bel iris aux

heures chaudes de l'après-midi), Santa Maria dei
Miracoli a emporté mon adhésion tout de suite. Or,
à Rome, on ne la regarde même pas. Il y a des
milliers d'églises plus belles. Il y a des milliers
d'églises qui vous arrachent des cris d'admiration
— que dis-je? des gémissements d'admiration. On
se damnerait pour des églises de cette sorte et, à la
lettre, je crois, on s'est damné pour elles. Leur
beauté résulte parfois d'une telle économie de
moyens qu'il n'est pas possible qu'elles ne soient
pas l'œuvre même du malin le plus malin. Je n'ai
jamais été sollicité par elles autrement que, comme
je viens de le dire, par les petits temples parfaits.
Jamais je ne me suis dit : « Il faut que tu achètes
ça! »

En ce qui concerne Santa Maria dei Miracoli, j'ai
cédé à une petite bouffée délirante : c'est moins
l'église que j'ai achetée que la vue qu'on a de cette
église. J'ai eu le coup de foudre pour la Piazza del
Popolo. J'étais arrivé là un matin de bonne heure.
L'air est composé de telle façon sur cette place que
j'entendais les reniflements de volupté d'un cheval
de calèche qui buvait au bassin de la fontaine, à
plus de cent pas de moi. Le plus léger grondement
des pins du Pincio résonnait dans cette conque de
pavés et de murs comme dans la caisse d'une
timbale. L'air du matin qui rend tout transparent
avait effacé l'obélisque et, à sa place, un rayon de
lumière se tenait debout. Nous n'étions que cinq ou
six Romains et moi à contempler le spectacle,
encore qu'ils ne le contemplassent guère car, à part

le cocher de la calèche, les autres filaient à
bicyclette.

Je dois ouvrir une parenthèse pour dire rapidement que, bien entendu, j'ai acheté quelques
fontaines à Rome, notamment celle de Trevi, bien
que cet achat ne soit pas très original. J'étais sur le
point d'acheter celle de la Piazza del Popolo quand
je me suis rendu compte qu'il fallait acheter la place
tout entière, que la fontaine, sans la place, perdait
beaucoup de son sens, et vice versa. Mais, là, j'étais
vraiment devant quelque chose d'impossible. On a
beau dire que le mot n'est pas français ; il n'est
peut-être pas français mais il dit bien ce qu'il veut
dire. Non, on ne peut pas acheter la Piazza del
Popolo : cela ne fait pas sérieux ; cela compromet-
trait tous les achats passés et ceux à venir. Il arrive
toujours un moment où l'on doit se restreindre. Les
possibilités d'achat ne sont pas infinies en quelque
monnaie que ce soit. Heureusement, sans quoi on
ne posséderait plus rien.

J'accepte volontiers le joug de la mesure. Il y a
toujours d'ailleurs, dans ces cas-là, une réflexion
qui vous console. Celle qui me console me fit
apercevoir que, posséder la Piazza del Popolo ne
signifiait absolument rien puisqu'il fallait, pour la
perfection de sa beauté même, en laisser l'usage au
public. Et s'acheter un public, alors, là, non. C'est
trop salissant.

Ma table de travail installée sous le péristyle de
Santa Maria dei Miracoli, j'ai sous les yeux *gratis
pro Deo* le spectacle de la Piazza del Popolo. Elle est
animée par les calèches, les bicyclistes, les piétons.

On voit arriver et se ranger, avec des glissements de bateaux, les longs cars bleus qui font le service Florence-Rome par Arezzo, Pérouse, Assise. On voit partir les étincelants autobus jaunes entièrement encapuchonnés de verre qui vont à Sienne par Viterbe. Des guichets du Ponte Margherita débouchent parfois des taxis très extraordinaires et qui semblent sortis d'un ancien film de Charlot. Ils font du patin à roulettes. Je m'entends : ce sont de beaux et de bons taxis et ils ne font pas du patin à roulettes mais, dès qu'ils entrent Piazza del Popolo, ils ont un roulement noble et ils se mettent à décrire des arabesques d'une ambition démesurée. C'est sans doute l'ampleur même de la place qui les y incite ; l'ampleur et la grâce, car les taxis français ne font pas de patin à roulettes sur la place de la Concorde qui est cependant bien plus vaste que la Piazza del Popolo. Il y a ici une grâce particulière, une sorte de bonheur de vivre exprimés en pavés, obélisque, fontaines et ordonnance du tout. Il n'y a d'ailleurs aucun rapport entre la place de la Concorde et la Piazza del Popolo. La première est remplie d'une sorte de bouillon de sorcière, phosphorescent la nuit, une pâte à berlingot d'autos de toutes sortes tournant sans arrêt ; l'autre est paisible, presque constamment déserte, sans bruit. Le taxi qui y débouche et qui va généralement Via del Babuino n'a plus qu'à se soucier de son bonheur et, comme il a toute la place pour lui, il fait du patin à roulettes. On a réussi à créer un état d'âme avec des pierres assemblées dans un certain ordre.

Rome est constamment un miracle de cette sorte.

Certes, les villes sont en pierre ; ce n'est pas sur quoi je vais m'extasier, mais Paris, Berlin, Londres utilisent la pierre à leur façon. Quand je suis arrivé à Berlin en février 1931, je me suis mis à rigoler et je n'ai pas cessé de rigoler pendant quinze jours. Ce n'est pas que je n'aimais pas cette ville aux dimensions colossales, noyée la nuit de lumière aveuglante, ni que je n'étais pas sensible au charme certain de son ciel glauque et de ses bourrasques de vent : c'est que la pierre y était assemblée et ordonnée de façon cocasse et qui, pour un Latin, prêtait à rire. C'était de la pierre solide, un *matériau* de qualité, rien à dire, mais elle donnait une impression d'emphase et de boursouflure d'un comique irrésistible. Je n'ai pas acheté de maison à Berlin et j'ai bien fait puisque à cette heure elle serait probablement démolie.

Par contre, j'arrive à Londres il y a trois ou quatre ans, à la fin d'un après-midi d'avril. J'avais, il est vrai, été charmé pendant la traversée de la Manche par l'approche de ces falaises blanches de Douvres, si distinguées dans le gris du ciel et de la mer. Je file à Harrington Gardens où j'avais rendez-vous avec ma fille Aline. Elle n'était pas encore arrivée (elle venait de Chichester) et je l'attends en me baladant à travers un quartier qui me procure tout de suite ce sentiment un peu triste, si proche du bonheur le plus parfait. Les merles sifflaient dans les arbres d'un petit jardin clos de barrières, entre des maisons rouges. Malgré la démesure de cette capitale, ce quartier était à la mesure du bonheur humain. La discrétion des façades et une sorte d'humilité qu'elles avaient à la limite du mauvais goût et de la distinction me rassuraient parfaitement. J'étais à Londres depuis une heure à peine et j'avais l'impression d'y être né, tant toute cette pierre rouge mettait de gentillesse à m'aider dans la recherche de ma paix intérieure.

Quelques heures après ma fille et moi achetions une maison dans le quartier (c'était d'ailleurs l'hôtel où nous étions descendus. Plutôt qu'un hôtel, c'était une boarding-house appelée Colbeck-house).

Au cours de ce même voyage, nous avons encore acheté tout un pâté de maisons extraordinaires à Édimbourg. Nous étions sortis un soir, après la pluie, pour prendre l'air sur Prince's Street. C'était un crépuscule très lumineux, et, soudain, sur la colline, dans la montée qui allait au château, apparurent de longues maisons étroites, pressées les unes contre les autres, s'étirant vers le ciel couleur de perle. Elles avaient, du côté qui nous faisait face, dix, douze, peut-être quinze étages (à peine quatre ou cinq de l'autre côté qui était en bordure de la Canongate) et chacune n'avait que dix à douze mètres de largeur. Elles avaient toutes ce romantisme étrange des maisons que les peintres hollandais placent derrière leurs vierges, au visage ruisselant de pleurs.

J'ai acheté ensuite, mais pour mon compte personnel, une énorme ferme au voisinage d'Inverness et une petite cabane blanche de l'autre côté du Loch Lynnhe en face de Fort-William.

Chaque fois je me dis : « Comme tu aurais du plaisir à mettre ta table de travail derrière ces

fenêtres ! » L'ordre dans lequel sont assemblées les
pierres à travers lesquelles on circule a donc une
importance considérable pour le bonheur. Dès
qu'un maçon remue sa truelle dans quelque coin, il
compose une de ces combinaisons si nécessaires à
l'agrément de la vie. Si j'ai acheté des maisons en
plus grande quantité en Italie, c'est que les maçons
y ont, plus qu'ailleurs, le sens de la pierre.

Je me souviens de la première fois où j'ai traversé
l'Apennin. C'était le matin, en partant de Bologne
pour aller à Florence. Dès qu'on eut pris un peu de
hauteur, on découvrit des paysages, non seulement
organisés par la nature, mais dans lesquels les
maçons italiens avaient ajouté tout ce qu'il fallait
pour réjouir le cœur. Au versant des montagnes que
les cultures, montant très haut et parfois même
recouvrant les sommets, transformaient en grosses
collines, des fermes admirables s'étalaient au cœur
de vergers féeriques. Toutes les armes architectu-
rales qui, dans les siècles passés, servaient à
protéger la paix des familles contre les turbulences
de la société, avaient été employées ici pour lutter
contre les vents de l'Émilie et le gel des hauteurs.
Par les mêmes moyens qui donnent tant de
noblesse aux forteresses urbaines de Florence, aux
petites capitales des duchés désespérés, à Imola,
Forli, Firenzuola, San Gimignano, on avait donné
de l'allure à de simples bâtiments d'exploitation
agricole. On comprenait que la *Virtù* n'exige pas
l'épée à la main mais que la boue et la charrue
décidaient aussi de la Seigneurie.

J'ai eu la même joie entre Parme et Plaisance. Là

aussi, et sans l'aide de la montagne, sans l'aide surtout de cette couleur de vieux bronze sur laquelle un simple mur blanchi à la chaux miroite comme un joyau, les fermes sont éblouissantes. Elles ont beau être posées sur la plaine et à même un tapis de prairie du vert le plus banal et le plus uniforme, leurs proportions suffisent à leur donner cette suprême élégance qu'est la beauté. La pierre est l'amie du chiffre et du nombre. Rien n'exprime l'élégance mathématique comme la pierre à laquelle on a donné des mesures qui ont entre elles de beaux rapports.

C'est l'emploi constant de ces mesures qui donne à Rome son charme sans égal. Je passais un soir Fontanella di Borghese, revenant de la Piazza Navona où j'avais dîné dans une petite trattoria. Mon regard fut attiré par une très faible lueur qui découpait trois arcs d'ombre parfaits dans l'ouverture d'une porte cochère. M'étant aussitôt arrêté, je vis jouer, au-dessus et à côté de ces trois arcs (comme dans une phrase de Mozart où une seule note conduit à des développements divins) toute une architecture d'ombre et de lumière. Je pris sur moi de pénétrer dans cette porte cochère pour m'approcher de la merveille. Je n'étais pas seul à avoir été pris par ce jeu. J'arrivai dans une cour intérieure où déjà sept ou huit promeneurs comme moi étaient là en train d'admirer. Il y avait également, assis à califourchon sur sa chaise, le concierge de la maison. On pouvait supposer que celui-là était blasé du spectacle : pas du tout, c'était peut-être le plus admiratif. Il s'agissait, en tout et

pour tout, d'une volée d'escaliers portée par des
colonnades d'une grâce exquise. Cette volée d'escaliers était éclairée par une simple lampe à huile mais
placée à l'endroit précis où sa faible lumière (en
raison même de sa faiblesse, car tout s'expliqua par
la suite) dessinait l'entrelacement des arceaux, non
pas de façon brutale mais en laissant jouer tout le
velouté des demi-teintes. Cette admirable combinaison était la joie du concierge. Il faisait jouer les
arceaux pour son plaisir. C'est lui qui avait
découvert l'endroit exact où il fallait planter le clou
à pendre la lampe à huile. Il nous l'expliqua à voix
basse. Quelqu'un qui s'était mépris sur le sens de
son discours essaya de lui donner un pourboire qui
fut refusé. A la moindre insistance, nous aurions
tous passé pour des barbares.

Rome est entièrement éclairée, même au plein
soleil de l'été, par cette unique lampe à huile. Il ne
suffit pas de regarder de tous les côtés, il faut
encore connaître les heures du jour pour la lumière
desquelles les pierres que l'on regarde ont été
taillées. Certaines rues vous paraissent tristes,
certains monuments lourds, certains palais sourds
et aveugles, et puis, un beau jour, il se fait que vous
les voyez à la lumière qu'il faut : alors, ils
deviennent allègres et légers et votre cœur fond.
Certaines églises baroques ont besoin du matin et
même de l'aube, à l'heure où les calèches vont à
leur stationnement, où les garçons de café secouent
leurs serpillières sur les terrasses vides ; certaines
places publiques demandent midi et son soleil qui

tombe d'aplomb; certaines fontaines demandent du
vent; les temples demandent la nuit.

Mais, quand on a fait amitié avec l'heure et
l'époque, qu'on a accordé le sens de ses prome-
nades à l'horaire, rien n'est plus tendre que la
pierre de Rome. Elle a la transparence de l'esprit,
les audaces de l'ironie la plus fine, les flammes de la
poésie. On peut lui confier son cœur, elle en a le
soin le plus exquis. Où les ressources de la
philosophie et les conseils du bon sens sont
incapables de guérir, elle apporte un remède que
l'âme boit avidement comme un philtre.

Il ne s'agit plus de la figuration même du drame
comme dans le temple de Kandaruya Mahadeva, ni
celle de la profondeur de la foi comme à Payerne,
mais d'un pur mélange de pierres et de chiffres, de
pierres et de proportions. Le procédé est bien plus
savant, bien plus élégant que celui qui trouve sa fin
dans la désintégration atomique.

Alchimie personnelle, utilisation de la matière à
des fins spirituelles, le bonheur même, si difficile à
obtenir, suinte alors comme une résine. Le sculpteur inca qui taillait dans l'énorme disque de pierre
de Mexico les signes de son zodiaque, le calendrier
de sa race et de son histoire, l'artisan qui fait avec
des rubis minuscules le pivot des rouages du temps
moderne sont des architectes de la vraie porte du
soleil.

27 février 1955.

Arcadie... Arcadie...

Dix kilomètres à droite ou à gauche suffisent à vous dépayser. De la région romantique des châteaux, on passe sans transition, par le simple détour d'un chemin, au canton virgilien classique. Les landes noires occupent en principe les plateaux mais descendent très souvent dans les vallées; les terres organisées en vignobles, les petites propriétés à la mesure d'une famille ou d'un seul homme sont installées dans les plaines mais montent jusque dans les hauteurs les plus solitaires. Je me délecte de cette diversité. Je vais à droite, à gauche, au nord, au sud, sans plans préconçus. C'est le contraire d'un pays à *idées fixes*. De là, une jeunesse dans les désirs qui vous étonne quand on la rencontre, comme c'est le cas, chez de vieux paysans solitaires. Partout ailleurs tout serait dit. Ici on constate qu'ils ont des projets, qu'ils désirent des quantités de choses et qu'ils s'occupent très sérieusement de leur bonheur. Ils le font sans raideur. S'ils mènent un combat ce n'est pas en armure mais nus et frottés d'huile pour glisser et ne donner prise à rien. Ce qu'on prend pour de la paresse ou de la nonchalance, c'est du sang-froid. Ils ne s'énervent pas sous les coups du sort et souvent, quand on les en croit accablés, on s'aperçoit qu'ils les ont esquivés d'un simple effacement du corps, sans même bouger les pieds de place. Ce sont des *têtes rondes,* des Romains, des cavaliers de Cromwell, mais sans Bible, sans Rome et qui *fabriquent leurs idées à la maison.* Cette qualité a son revers. Ils peuvent passer pour insolents : c'est qu'on prend assez souvent l'opinion courante pour de la courtoisie et l'opinion *commune* pour de la culture.

Les villages sont construits sur les collines, à la cime des rochers et de tous lieux escarpés d'où il est facile de faire dégringoler des pierres. En mettant ainsi d'accord son besoin de sécurité et son intention formelle d'y consacrer le moins d'efforts possible, le Provençal s'est mis à l'air pur et devant des plans cavaliers. Il y a des *vues* que les bourgeois qualifient d'*immenses* ou de *pertes de vue.* Ces découverts, encadrés dans les portes et les fenêtres, tiennent lieu dans ces murs du chromo de Romulus et Remus ou de celui du passage de la mer Rouge par les Hébreux. Ces paysages composés de neuf dixièmes de ciel et d'un petit dixième de terre, et encore de terre qu'on surplombe, font jouir l'âme de délires et de délices féodaux. Comme on voit venir les ouragans de cent kilomètres à la ronde, on épuise la peur avant d'en avoir les raisons. Les hurlements les plus lugubres, le grondement des grandes maisons pleines d'échos ne prédisposent qu'à la mélancolie la plus tendre. De certains

endroits bien placés, on domine des territoires plus
vastes qu'un canton et couverts de forêts de
rouvres. D'en haut on aperçoit le partage de ces
vastes cathédrales romantiques à travers les
branches desquelles apparaît parfois la trace
blanche des chemins. Sur la rive gauche de la
Durance, cette forêt mêlée de chênes blancs
recouvre les vallons et les collines jusqu'au massif
de la Sainte-Baume : c'est-à-dire qu'au-delà est la
mer. Il n'est donc pas question d'imaginer des
villes, des tramways, des trottoirs où la foule
circule, de brillants éclairages enfin; quoi que ce
soit de cette organisation moderne qui suffit à l'âme
naïve des citadins pour détruire l'idée de désert.
Même Marseille dont on peut deviner l'emplace-
ment grâce au Pilon du Rouet ne compte guère à
côté de ces étendues *sans âmes* qui s'élargissent
jusqu'à la mer. Toute cette région est composée
comme pour servir de décor à une page de Froissart
ou tout au moins de Walter Scott. Stendhal l'avait
déjà remarqué lorsqu'il montait vers Grenoble par
l'actuelle route des Alpes. Encore n'avait-il fait que
longer cet étrange pays plein de châteaux à la rude
stature. Dès qu'il y a une dizaine de maisons collées
au rocher comme un nid de guêpes, une maison
plus vigoureuse les domine. En réalité, c'est l'in-
verse qui s'est passé. L'homme fort et qui trouvait
précisément dans la solitude ses raisons de vivre a
construit ses murs le premier; les autres sont venus
s'abriter à côté. Généralement celui qui venait ainsi
se placer par goût ou par calcul dans les hauteurs,
n'avait pas le sens *commun*. Il savait toujours

exprimer sa fierté, son orgueil et même certaines subtilités farouches de son caractère dans les murs qu'il dressait. Il se satisfaisait avec leurs mesures. Il faisait son portrait avec les nuances (comme Retz et Saint-Simon). Ici on en voit un qui détestait manifestement les jours beaux et tranquilles et a ouvert toutes ses fenêtres du côté du nord et du grand vent, sur un paysage que ne dore jamais le soleil. Ailleurs, une lucarne sourcilleuse parle de vertus amères, de cœur sec et probablement (ce qui va ensemble) de poitrine faible. Certaines façades étalent au grand jour l'arrogance d'une haine puissante qui a dû être bien maniée pendant des siècles et reste encore présente au-dessus des bois. J'ai vu par contre, sur un tertre aride, un parc de buis taillés qui témoigne encore, avec ses arceaux et ses labyrinthes, du soin qu'a pris une âme sensible d'étaler ses artifices dans la solitude.

Si on n'a aucune raison pour courir à grande vitesse les routes dites nationales, on peut connaître cette nation par le menu. Il faut prendre une de ces petites routes qui font des écarts pour le moindre bosquet ou le champ de Mathieu; même pas les départementales, mais les communales, celles qui ont le souci de la commune. Ce sont des itinéraires de rois et rois chez eux sont les hommes qui en ont discuté le tracé. Elles vont à une aventure qui est celle du travail et des soucis de toute la région.

Tout y parle d'une société, et d'une société qui compose avec les caractères de chacun. C'est un chemin qui va de la bonne humeur de celui-là au goût procédurier de celui-ci, qui fait un détour

pour s'orienter vers un grand porche, passer près
d'une fontaine, qui s'efforce d'avoir toujours à
proximité les hangars où il est bon de pouvoir
s'abriter en temps d'orage. Il suit presque toujours
le tracé des anciennes pistes du temps des colpor-
teurs, diligences, voyages à franc-étrier. J'en
connais qu'on voit s'infléchir vers telle petite ferme
sans importance désormais mais où vivait en 1784
une jeune femme célèbre par sa beauté et son naïf
besoin de vie. D'autres s'approchaient d'un bon
vin. Il y a une raison à tous les balancements, les
sinuosités ne sont jamais gratuites ; les serpente-
ments ont été décidés après mûre réflexion. Ce
détour vous garde du vent, vous fait passer à
l'ombre ; cette ligne droite vous emporte le plus
rapidement possible hors d'un endroit où il ne fait
pas bon s'attarder. D'une imperceptible porte
d'usurier dans le crépi d'une façade, la route
communale ne s'approche qu'avec de larges lacets
dignes d'un Montgenèvre. Tout un embranchement
de raccourcis herbeux s'élancent vers l'enclume
d'un vieux maréchal-ferrant. Ici les gens avaient
l'habitude de faire cent pas le long d'une allée de
trembles. Ce n'est pas pour couper un virage que
nous quittons une ancienne trace : c'est qu'au pied
de cet arbre qu'on évite depuis on a tué jadis un
berger. Et, malgré la côte assez rude, si on s'élance
franchement vers ce village, c'est qu'il est réputé
pour cent raisons : qu'il accueillait toujours avec
bonhomie, malice et science les turpitudes dont il
est bon d'user, les gourmandises qu'il faut satisfaire.

Ce serait une erreur de ne regarder que le paysage admirable ; les passions y ajoutent.

Les villes sont de peu d'importance : cinq à six mille habitants, au plus dix mille. Au siècle dernier elles étaient divisées en artisans et paysans. Dire d'une femme qu'elle était une artisane supposait une lingerie fine, la connaissance parfaite des quatre règles, de l'écriture moulée et des manières qu'on appelait des « singeries ». C'était, la plupart du temps, une fille de paysans qui, ayant des idées, avait quitté les landes découvertes pour les combats de l'esprit. La vente au détail du fromage de gruyère suffisait à ses ambitions. Elle devenait pilier de son église et au sommet de sa réussite bourgeoise. Toute l'artisanerie mâle (dans laquelle étaient compris, en plus des corps de métier, les notaires, les instituteurs, les pharmaciens et le receveur des postes, le médecin faisant classe à part), toute l'artisanerie mâle portait la veste noire, d'alpaga l'été, la chemise amidonnée le dimanche, le chapeau de feutre à larges bords, et, les jours de semaine, le tablier bleu. Elle se piquait de littérature et de libéralisme, connaissait par cœur des chansons de Béranger et s'abonnait aux *Veillées des Chaumières*. La plus huppée mettait bien en vue sur ses guéridons l'album du *Vin Mariani* et l'*Almanach Vermot*.

Ces villes qui ressemblent à des couronnes, des miches de pain, des pièces de jeux d'échecs, ont été faites avec du besoin d'évasion, du sens de la hiérarchie, de la candeur et, si l'on peut dire, une téméraire prudence ou, si l'on préfère, toute la

témérité que peuvent se permettre les prudents.
Dès que l'avion s'est mis à voler au-dessus d'elles,
on a construit des faubourgs, on a osé faire faillite,
partir pour Marseille avec armes et bagages et
même se marier dans la classe opposée. On en est
maintenant à la création de *Mutuelles chirurgicales,*
ce qui me paraît être tout un programme de
joyeuses vies pour l'avenir.

Le vent souffle du nord-ouest, exactement
comme il soufflait il y a dix mille ans. La vie est
toujours accrochée aux mêmes ressources : l'huile
et le vin. J'ai connu, en 1903, une catégorie de gens
qu'on appelait les *fainéants.* Il y en avait cinq ou six
à Manosque, deux ou trois à Corbières, un à
Sainte-Tulle, quatre à Pierrevert, une vingtaine à
Aix, autant à Arles, peut-être cent à Avignon, et
ainsi de suite. Trois ici, deux là, quarante à Toulon,
trente à Draguignan, six à Tourves, huit à Bri-
gnoles, cinq à Salernes, sept à Barjols ; à Marseille,
n'en parlons pas, d'autant qu'ils n'avaient pas la
qualité des autres. Ceux dont il s'agit ici étaient
propriétaires de petits vergers d'oliviers : cinq ou
six arbres, au plus dix. De tous âges, ils étaient
arrivés à *faire néant* de façons diverses. Il y avait
des veufs qui, ayant dépassé la cinquantaine,
découvraient avec volupté qu'un homme seul a
besoin de peu ; des jeunes qui, au retour du service
militaire, considéraient l'absence de l'adjudant
(sous toutes ses formes) comme un délice parfait ;
de vieux célibataires. Un pantalon, une veste de
velours duraient vingt ans. Le veuf trouvait dans
ses coffres assez de chemises (en comptant celles de

sa femme) pour aller jusqu'au Paradis. En hiver, il
se taillait un tricot, même un manteau dans une
couverture. Les jeunes, une fois par an, rendaient
un petit service à quelqu'un : aller chercher une
malle aux Messageries, rentrer du charbon, etc., et
demandaient des vieux linges en échange. Ils
vivaient d'olives confites et d'huile. Les olives et
l'huile leur donnaient également en échange un peu
de vin. Pour le pain, ils glanaient. Ce n'était donc
pas très exactement *faire néant,* mais c'était incontestablement faire peu, avoir sa liberté totale, vivre ;
et même vivre à son aise.

Mener des oliviers est un travail d'artiste et qui
ne fait jamais suer. La taille, si importante puisque
l'arbre ne porte ses fruits que sur le bois neuf,
prédispose à la rêverie et satisfait à peu de frais le
besoin de créer. Ajoutez qu'un arbre bien taillé
donne un beau galon sur la manche, qu'il est au
bord du chemin ou dans les collines où tout le
monde se promène ; qu'on le voit, et, s'il est très
bien taillé, qu'on va le voir comme un spectacle. Je
parle évidemment ici de l'arrière-pays et non pas
des oliviers qui sont à quelques kilomètres de la
mer. Nous sommes encore dans des collines assez
hautes. Après la taille, il n'y a plus qu'à laisser faire
les choses et les événements : ce que l'homme d'ici
aime par-dessus tout et ce qui est pour le fainéant
la distraction, le divertissement rêvé. Surveiller le
ciel, quelle ressource de passion ! Être à la merci de
la pluie, du soleil et du vent donne un rythme de
qualité à chaque jour. Jurer délivre jusqu'au fond
de l'âme, alors que, pour se délivrer, les bourgeois

ont besoin de tant de mécanique; et même n'y
arrivent guère.

Dans certains endroits, comme les cantons mon-
tagneux du Var et sur la rive droite de la Durance, la région des collines qui va jusqu'à Lure
et la Drôme, les vergers d'oliviers sont assis sur de
petites terrasses soutenues par des murs de pierres
sèches, blancs comme de l'os. Ce sont de petits
oliviers gris, guère plus hauts qu'un homme, deux
mètres cinquante au plus, plantés depuis mille ans à
quatre ou cinq mètres l'un de l'autre. La terre qui
les porte est très colorée, parfois d'un pourpre
presque pur, communément d'une ocre légère,
quelquefois sous l'ardent soleil blanche comme de
la neige. Sur ces terrasses, la vie est non seulement
aisée mais belle. Il n'y a rien d'autre que les
oliviers : je veux dire ni constructions ni cabanes,
mais, qu'on vienne à ces terrasses pour bêcher
autour des arbres ou pour flâner, c'est un délice.
Dans l'arrière-saison, le soleil s'y attarde; le feuillage de l'olivier ne fait pas d'ombre, à peine comme
une mousseline; on a tout le bon de la journée. On
voit toujours quelques hommes qui se promènent
ainsi dans les vergers. Ils sont d'aspect lourd et
romain; on les dirait faits pour être César ou pour
l'assassiner. En réalité, ils sont là pour rêver de
façon très allègre et légère. Ils fument une pipe ou
une cigarette et font des pas. Aussi bien, quand par
exemple on est contraint de vendre ce qu'on a, on
ne vend l'olivette qu'en dernier et souvent même
on fait des sacrifices pour ne pas la vendre. C'est à

peine si, dans ces pays-là, on lit le journal et, si on le fait, c'est le soir, pour s'endormir dessus.

L'olivette représente ce que représente une bibliothèque où l'on va pour oublier la vie ou la mieux connaître. Dans certains villages du Haut-Var et de la partie noire des Basses-Alpes où il n'y a pas d'autre intempérie que la solitude, les hommes, le dimanche matin, vont à l'olivette comme les femmes vont à la messe.

En 1907 il y avait, à La Verdière, un curé qui disait dans presque tous ses sermons : « Les hommes se damnent ; c'est dans les olivettes qu'ils *vont au diable*. » Et, certes, s'il voulait simplement dire qu'ils allaient loin dans tous les sens, il avait raison. C'est à l'olivette qu'on fait les projets et qu'on les caresse. Les jardins de Babylone, les granges trop grosses, les hangars trop grands, les puits trop profonds, c'est dans les vergers d'oliviers qu'on s'en donne la charge. Les orgueils, les démesures, les premiers moutardiers du pape, c'est là qu'ils se font. Les sagesses aussi.

A peu près à la même époque, à Villeneuve, sur le flanc nord de la vallée de la Durance, il y avait un autre curé, mais celui-là était d'origine italienne ; il s'appelait Lombardi. Il avait combiné de raccourcir les cérémonies pour les femmes, et, chaque dimanche, sur le coup de dix heures et demie du matin, il partait lui aussi, la pipe au bec, pour les olivettes où il avait avec Jean, Pierre et Paul, des conversations fort utiles. Il a ainsi empêché plus de cinquante ruines et bien des plaisirs.

A la Sainte-Catherine, c'est-à-dire le 25 novembre, on dit que l'huile est dans l'olive. On va faire la cueillette. Ici, il faut distinguer. Du côté de Nice et de Grasse, dans les terres qui avoisinent la mer, sur les contreforts des Alpes côtières, on étend des draps blancs sous les arbres et on gaule les fruits : d'abord parce que les oliviers sont géants et surtout parce que la douceur qui vient de la mer amollit les fruits et les âmes. Dès qu'on s'éloigne vers les solitudes, que le climat se fait plus âpre, on cueille l'olive une à une sur l'arbre même, à la main. Cela va loin. C'est une autre civilisation.

Du temps de ma jeunesse, quand je lisais Homère, Eschyle, Sophocle, dans les vergers d'oliviers, j'appelais mes « *combles du bonheur* » des dimanches à Delphes. Rien ne me semblait plus beau et plus glorieux qu'un dimanche à Delphes. Tout ce qu'on peut rêver était pour moi dimanche à Delphes. Plus tard, j'ai vu, sur des vases grecs, qu'on gaulait les oliviers en Grèce. Cela m'a changé le ton des cris de Cassandre. Maintenant que j'ai vécu, on ne m'enlèvera pas de l'idée qu'à Delphes, malgré tout, on cueille les olives à la main.

C'est le travail le plus succulent qui soit. Généralement, il fait froid et, si on prévoit une grosse récolte, il faut s'y mettre de bonne heure. Il y a parfois des brouillards et l'arbre est à la limite du réel et de l'irréel. Le soleil est à peine blond et ne chauffe pas encore. L'olive est glacée, dure comme du plomb. Pour celui qui est avare, on a tendance à être ému par la réalité de la richesse ; cette fermeté et cette lourdeur lui donnent le même plaisir tactile qu'un louis d'or. Peu à peu le soleil monte, on se débarrasse des foulards et des châles, on s'installe plus à l'aise dans la fourche des branches, on prend le temps de regarder autour de soi. On voit sa richesse noircir les feuillages à la ronde.

On domine généralement alors un pays radieux. Malgré ce que je viens de dire de l'avarice (et je l'ai dit exprès, ainsi que le louis d'or) ce pays place son bonheur ailleurs que dans la monnaie.

Il m'est arrivé, il y a cinq ou six ans, une petite histoire qui ne m'a pas pris au dépourvu ; moi aussi *je fais mon beurre* avec la simple olive mais qui illustre bien ce que je veux dire. J'ai un verger assez mal entretenu dont les frontières sont indécises. J'étais en train de cueillir les olives d'un arbre particulièrement chargé quand je fus interpellé par un petit bonhomme. Il prétendait que cet arbre était à lui, et, beaucoup plus grave encore car il intervenait ainsi dans mes promesses de bonheur, que les trois ou quatre arbres qui m'entouraient étaient également à lui. Or, c'étaient les plus beaux arbres de l'endroit ; les rameaux pliaient littéralement sous le poids d'olives grosses comme des prunes et il y avait deux jours que je me régalais en rêve à l'idée de cette récolte. Je descendis de mon arbre pour discuter le coup. J'avais acheté ce verger à une vente d'hoirie. L'héritier n'était même pas venu sur le terrain ; d'ailleurs, il était wattman de tramways à Marseille. Le notaire m'avait donné des numéros de cadastre mais, en pleine colline, c'est un violon à un manchot. Il m'avait aussi parlé d'un genévrier. Le voilà. C'est de là que j'avais tiré mes

alignements. Le bonhomme m'indiqua un autre
genévrier et suspecta ma bonne foi. C'était un tout
petit pète-sec de quarante kilos et il s'était mis en
colère. C'est mon péché mignon et je m'en méfie
mais là, je lâchai la bride et je me mis à prononcer
ce qu'on appelle des paroles regrettables. Mais
comme j'étais manifestement le plus fort sur tous'
les tableaux, cela me coupa instantanément bras et
jambes. J'avais aussi reconnu mon adversaire, ou,
plus exactement, mon rival. C'était un ancien
peintre en bâtiment qui avait eu des malheurs : ses
enfants étaient morts, sa femme était paralysée; il
vivait de charité publique. Un détail donnera son
caractère : depuis sa dégringolade il s'habillait très
proprement, avec des oripeaux tirés à quatre
épingles, chapeau melon, canne, et même gants,
dépareillés et troués mais gants quand même. Mon
cœur naturellement fondit. Je me mis à parler très
gentiment. Je lui donnai du Monsieur Lambert et
je dis qu'entre gens de bonne foi il était facile de
s'entendre. Ce dont il convint. (Il avait été l'ami de
mon beau-père; enfin, j'aurais préféré me faire
couper la tête plutôt que de lui faire tort d'un
centime.) J'entrevoyais la possibilité de l'aider.
Mon petit sac était par terre. J'y ajoutai ce que
j'avais dans mon panier. Nous soupesâmes. A vue
de nez, il y avait là quinze kilos d'olives. Je dis :
« Mettons vingt et je vais vous les payer. » Là
n'était pas la question. Je savais bien où elle était.
« Non, dit-il, je vais emporter les olives. »

Mais la conversation ne s'arrêta pas là. J'étais
devenu si gentil qu'il en avait déduit que j'étais

dans un tort bien plus grave. Il m'accusa d'avoir également cueilli ses olives les jours précédents. Pour me disculper je lui dis de m'accompagner chez moi. On ne garde pas les olives en tas, elles fermenteraient; on ne les entasse que l'avant-veille de les porter au moulin. Pendant la cueillette, on les répand en couches de dix centimètres au plus d'épaisseur sur le parquet de pierre d'une pièce froide. Chez moi, c'est dans la bibliothèque du rez-de-chaussée que je les mets. Mes vergers sont à l'ubac, c'est-à-dire au nord et les olives sont petites. Or, précisément et par merveille, dans ces ubacs, j'avais eu des arbres particulièrement bien disposés qui m'avaient donné la veille deux boisseaux de grosses olives. Il les vit tout de suite : « Celles-ci sont à moi », prétendit-il. J'étais disposé à lui donner de l'argent (pour sa femme paralysée et ses enfants morts) mais, là, j'aurais préféré être haché en chair à pâté plutôt que de céder.

Bref, la comédie dura trois jours. A certains moments, j'oubliais la femme paralysée, les enfants morts, l'amitié de mon beau-père, et, quand j'oublie la femme paralysée, les enfants morts et l'amitié de mon beau-père, je peux être très désagréable. Ces olives (aussi belles que les siennes) étaient incontestablement à moi et il prétendait les reprendre dans mon tas. Non. C'est, je crois, la seule chose au monde pour laquelle je suis capable de répondre non.

Finalement (j'en passe) il me vendit son verger, mais avec prise de possession *après la cueillette*. Il eut ses dix mille francs, séance tenante. Il fit sa cueillette pendant une semaine, à côté de moi qui faisais la mienne, dans les arbres dont j'étais propriétaire sans contestation possible. Je le voyais emplir ses paniers et ses sacs de ces beaux fruits lourds et suaves au toucher. Il chantait des chansons de 1900 et, en particulier : « C'est l'étoile d'amour, c'est l'étoile d'ivresse. » Est-il nécessaire d'ajouter qu'en réalité ces arbres contestés étaient parfaitement à moi comme, au printemps suivant, relevé de cadastre en main, me le prouvèrent le clerc de notaire et le garde champêtre?

Voilà le pays radieux qu'on domine. Il est également huilé de soleil léger, et glacé. Après les brouillards vient cette luminosité d'hiver si claire où tout se dévoile. On voit pour la première fois que les vieilles touffes d'herbes ne sont pas blanches mais violettes. On aperçoit à des kilomètres le détail des fermes et des pigeonniers. On distingue le velours des paysans les plus éloignés marchant sur les chemins et, de fort loin, malgré les châles et les *pointes* de tricot, on partage les femmes et les jeunes filles en blondes et en brunes. Ce sont ces taches de couleur pure qui donnent au pays sa profondeur et font comprendre la limpidité extraordinaire de l'air. Quelquefois, on entend soudain braire un âne, hennir un cheval ou ronronner une camionnette. Jadis on entendait chanter. Un jadis qui n'est pas loin et dont je me souviens.

Ma mère ne venait jamais cueillir les olives avec nous. Mon père qui le faisait avec moi ne chantait pas mais bourdonnait. Cela ne s'entendait pas de loin. J'ai dit ailleurs combien j'étais sensible à ce

bourdon qui était constamment sur les lèvres de
mon père comme à la fois une plainte et un chant
de victoire. Mais toutes les chansons de ma mère
jaillissaient des vergers d'oliviers. C'est en réalité
avec l'étoile d'amour que M. Lambert m'a eu
jusqu'au trognon.

Actuellement, on ne chante plus. Ce n'est pas
que les temps ne s'y prêtent pas; on oublie les
temps en cueillant l'olive. C'est que les chansons
modernes ne sont pas d'accord et qu'elles ne
viennent à l'idée de personne. On n'a pas envie de
les chanter. Il y a deux ans, une jeune fille qui en
connaissait et cueillait l'olive dans un verger proche
du mien, essaya d'en chanter une. Elle en fut pour
sa courte honte et, après un simple couplet, s'arrêta
d'elle-même. Le silence qui suivit était très élo-
quent.

C'est qu'il y a une antiquité vénérable dans les
gestes que nous faisons. Ils nous rapprochent d'un
certain état de l'homme dans lequel ces chansons
n'ont que faire.

Deux jours avant de porter les olives au moulin,
on les entasse. Tout de suite, elles se mettent à
fermenter. Quand en plongeant le bras nu dans le
tas on sent une chaleur vive, c'est le moment de les
emporter. Elles donnent alors une odeur extraordinaire à laquelle les hommes de la civilisation de
l'huile sont très sensibles. Cette odeur reste ordi-
nairement dans ma bibliothèque du rez-de-chaussée jusque vers le 10 ou le 15 février.

Je fais des sacs de cinquante kilos en les
mesurant soigneusement au boisseau. Puis, mon

ami Brémond vient les chercher. C'est un géant qui est, *dans le civil*, colporteur en fil et aiguilles. Il va vendre sa marchandise dans les villages, hameaux, groupes de fermes et fermes les plus isolées, avec une camionnette et un banc forain. Comme j'habite sur la colline, en dehors de la ville, cette camionnette est très utile. Cinquante kilos, pour Brémond, c'est juste le poids avec lequel il peut jouer. Fine va avec lui pour rapporter le billet du moulin sur lequel est marqué le poids total. Nous sommes, toute la famille et moi, ravis chaque fois par l'indication de ce poids total. Il nous semble, à le lire, que la vie est assurée désormais jusque dans l'éternité des siècles. Je place soigneusement ce billet dans le premier tiroir de droite de mon secrétaire.

Cependant, même avec l'espoir de les voir revenir sous forme d'huile, personne ne se sépare allégrement de ses olives. De nos jours, les moulins sont modernes, équipés de presses hydrauliques. Les villes un peu importantes mettent tout leur orgueil à avoir des moulins modernes, des coopératives construites avec un souci d'architecture de la planète Mars, des laboratoires à vasistas, des monstruosités. Je connais des communes qui se sont endettées pour cent ans à seule fin de construire une coopérative oléicole encore plus monstrueuse que celle du voisin. Avec ce procédé, il n'est plus question de cru. L'huile est la même pour tous et, pour qu'elle puisse plaire à tous, on lui donne (à grands renforts de procédés chimiques) un goût commun, c'est-à-dire un goût médiocre.

J'ai été habitué pendant toute ma jeunesse à considérer que le travail de l'huile exigeait de la force, de la patience et de l'art. C'était l'époque où comparer l'huile de maison à maison était la grosse affaire de tout le trimestre, jusqu'à mars. On mettait trois gouttes d'huile sur une mie de pain et on dégustait. Après, on discutait. Quand mes olives sont en sacs, pour moi, hélas, tout est fini, mais à cette époque-là, tout commençait.

Nous gardions à la maison un oncle de ma mère : l'oncle Ugène. C'était un vieux paysan. Il était sourd, ce qui lui donnait un air ravi. Au contraire des autres sourds, il n'était pas triste, mais tout le temps en train de sourire très finement. Cela venait de ce qu'il appréciait beaucoup la surdité, disait-il. En effet, le frère avec lequel il avait habité jusque-là jouait du violon (un seul morceau de musique : la mazurka appelée *La Tzarine* qu'il accompagnait en tapant fortement du pied sur le plancher). L'oncle Ugène était, chez nous, commis à l'olive et à l'huile. En réalité il s'était « bombardé » lui-même à ces fonctions dès son entrée dans notre maison. Il avait également apporté en entrant chez nous, outre cette volonté manifeste, les petits meubles de son ménage de célibataire et, en particulier, la table Henri II sur laquelle je suis en train d'écrire maintenant.

J'aimais beaucoup l'oncle Ugène qui était doux et souriait, et surtout parce qu'il exerçait sa fonction d'*olivier général* comme un sacerdoce, avec tout un cérémonial et des gestes sacrés. Quand les olives étaient en sacs, l'oncle Ugène allait s'habiller.

Il mettait sa grosse veste de velours et sa pèlerine, son cache-nez et ses souliers à clous. Il demandait une chaise. On lui en donnait une. Il décrochait sa musette. Il y fourrait un pain. Ma mère ajoutait du fromage, du saucisson, du chocolat, un reste d'omelette, un litre de vin. L'oncle Ugène qui avait en tout de la méthode attendait le litre de vin pour dire : « Et pour eux, qu'est-ce que tu me donnes, Pauline ? » *Pour eux,* c'était invariablement un litre d'eau-de-vie qu'on appelait de la *blanche.* Ainsi lesté, sa musette en bandoulière, l'oncle Ugène attendait les hommes du moulin. Ils arrivaient avec leur charreton à bras, chargeaient les sacs et partaient, suivis de l'oncle Ugène tout harnaché et qui portait sa chaise, car ce n'était pas pour décrocher la musette qu'il l'avait demandée mais pour aller s'asseoir à côté de nos olives, au moulin.

Il n'y était pas seul. Il y avait l'assemblée des *oliviers généraux* de toutes les familles dont on faisait l'huile ce jour-là.

Le vieux moulin dont je parle était dans une impasse de la rue Torte. C'était le moulin Alic, du nom de la maison dans le sous-sol de laquelle il était installé. On y pénétrait par un plan incliné qui s'enfonçait sous des voûtes et d'où sortait lentement une épaisse vapeur blanche. L'odeur de l'huile fruitée est si agréable au goût des gens de ma région que je ne peux guère donner une idée de l'odeur qui sortait de cet Hadès. Elle m'enchantait, à la lettre. C'était l'ambroisie des dieux. En réalité, pour tout autre que nous, c'est une odeur sauvage et qui affole les chevaux comme l'odeur des champs de bataille (ceci est une image qui me vient de mon grand-père, le zouave, le frère de l'oncle Ugène, pas le joueur de violon. Ils étaient trois frères).

Ces caves profondes où l'on broyait l'olive étaient éclairées avec des déchets d'huile. Comme il n'en manquait pas il y avait des quinquets partout. On se mettait ainsi sous terre pour ne rien perdre de la chaleur qu'il faut pour extraire l'huile du fruit. Je dois démesurer l'endroit dans mon souvenir. J'ai l'impression que ces caves étaient immenses. Au fond flambait un brasier sous un énorme cuveau. Il y avait l'odeur dont j'ai parlé tout à l'heure, sauvage et assez horrible, c'est-à-dire capable d'inspirer l'horreur (d'ailleurs plus *morale* que physique) mais ici elle était animale. A l'âge où je faisais ma pâture des tragiques grecs, je pensais chaque fois à l'odeur qui devait emplir les dernières salles du labyrinthe, juste avant d'arriver à l'étable du Minotaure. Cela provenait des chevaux qui se remplaçaient à tourner la meule et dont on n'avait pas le temps de sortir le crottin. Cette meule tournait dans une auge où l'on versait les sacs d'olives. La pierre ronde, énorme bloc de presque deux mètres de haut et large de cinquante centimètres, roulait lentement au pas du cheval, toute ruisselante de jus marron et noir.

Dans cette chaleur d'étuve, les hommes étaient nus jusqu'à la taille et même parfois jusqu'aux pieds, avec un simple caleçon de bain, sauf, bien entendu, l'assemblée des *oliviers généraux*. Ceux-là gardaient la veste. Assis en rang, la canne entre les jambes, les deux mains appuyées sur le bec-decorbin, ils présidaient et nul ne pouvait voir leurs yeux sous leurs grands chapeaux noirs. (Cette image me vient de mon père qui, souvent, avant de m'envoyer vers l'oncle Ugène au moulin, me récitait des passages de *La Légende des Siècles*.)

On remplissait à la pelle de bois les couffes de sparterie semblables à des bérets d'un mètre de diamètre avec la pulpe ruisselante dans laquelle la meule tournait. Ces bérets étaient empilés les uns sur les autres sous le plateau de la presse. Il y avait cinq ou six de ces presses. Huit hommes nus armés de longues barres de bois plantaient ces barres dans les trous du moyeu et, tirant de toutes leurs forces, exprimaient l'huile. Leur effort était rythmé par des chants. On louait parfois, pour faire de la musique, un petit ramoneur avec sa serinette. On chantait la chanson du cœur volant ou celle du pou et de l'araignée sur l'air de la complainte de Fualdès, mais pas à tue-tête, à voix presque basse, comme il convient à une chanson de travail qui économise l'effort.

Déjà, l'huile était comme de l'or. Chaque fois que l'équipe bandait ses reins, tirait sur la barre, toute la presse s'illuminait d'huile comme si on avait allumé une grosse lampe dans les couffes de sparterie. Elle glissait dans des canalisations de bois jusqu'à la grande cuve d'eau fumante que chauffait le brasier. Là, elle s'y dépouillait, elle y perdait ses humeurs. Quatre hommes, exactement comme des diables et qui paraissaient même être en métal luisant tant ils étaient barbouillés d'huile, armés de

grandes louches, *cueillaient* la « vierge » qui était
montée à la surface de l'eau.

Jusqu'ici, on ne voit pas bien l'utilité des *oliviers
généraux*. A force de presser les grands bérets
remplis de pulpe, ils étaient aplatis comme des
galettes. De ces résidus de noyaux, les coups de
reins des huit barreurs ne faisaient plus sortir que
des gouttes. Quand on n'était pas là pour surveiller,
dès que la galette était dure, ils s'arrêtaient. Si on
était là, mais sans malice, ils donnaient pour la
galerie, trois ou quatre coups en geignant profondément, comme s'ils fournissaient toute la force de
leur corps et ils s'arrêtaient. Mais si on était là,
comme un véritable olivier général, alors, on sortait
la bouteille de « blanche ». On venait leur dire :
« Allez-y encore un peu. Tenez, buvez un coup. »
On restait là pour regarder si vraiment ils y allaient
bon cœur bon argent. On leur faisait miroiter une
étrenne. On leur payait encore un coup. De coup
en coup, les bérets finissaient par suer un ou deux
litres de plus. La grande affaire était de ne plus
insister au bon moment, sinon on passait pour un
avare, on faisait douter de l'étrenne promise et
désormais on avait plus de comédie que d'huile. Il
fallait penser aussi que le meunier avait droit aux
déchets et qu'on devait se garder comme la peste de
trop vouloir lui appauvrir son profit. Il ne le
perdait pas de l'œil.

L'oncle Ugène était un surveillant excellent.
Comme il était sourd, on ne pouvait lui faire
entendre raison qu'en lui prouvant *de visu* qu'on
était arrivé au bout du rouleau. Il fallait donc

donner de véritables coups de reins. Il le savait et il avait dans le gousset de son gilet huit pièces de vingt sous qu'*au bon moment* il distribuait avec de petites mines de chat. Il était très apprécié.

Or, dans l'autre gousset du gilet de l'oncle Ugène, il y avait une pièce de quarante sous. Elle était là pour l'homme *qui s'occupait des enfers.* Les enfers d'un moulin d'huile sont au sous-sol de ce sous-sol. C'est un grand bassin de ciment plein d'un corps sans forme, effrayant d'odeur et couvert d'écailles d'or. Quand les cueilleurs du cuveau ont *ramassé* toute la *vierge* avec leurs louches, ils tirent une petite martelière et la *bouse,* c'est-à-dire les résidus de la pulpe, noirs et goudronneux, coulent dans les enfers. Là, ils dorment dans les ténèbres et la chaleur. Dans cette paix, des bulles d'huile vierge viennent crever à sa surface. C'est également le profit du meunier mais, par cent kilos d'olives, on a droit à un seau de cette bouse (qu'on met près du feu ensuite à la maison et d'où, cuillerée à cuillerée, on tire encore un litre ou un litre et demi d'huile. Ma mère était très forte à ce jeu). Pour faire ce droit, un homme habite les enfers. Il est spécifié qu'on a droit à un seau mais il peut être pris dans le gras ou dans le maigre. Avec ses quarante sous (ce qui était énorme) l'oncle Ugène avait toujours des seaux de gras.

Quand, à mon âge, je veux me souvenir d'une joie sans mélange, j'évoque le moment où l'on apportait l'huile à la maison. Depuis deux jours déjà les jarres étaient propres et installées près du fourneau de la cuisine. Sur le coup de quatre heures du soir, on voyait déboucher de la petite rue, en face la boutique de ma mère, trois hommes noirs qui portaient à l'épaule les longs barils de bois. Ma mère avait un atelier de repasseuse : il était impossible d'admettre toute cette huilerie dans sa boutique. On allait ouvrir la porte du couloir, les trois hommes entraient, suivis de ceux qui portaient les seaux de bouse, suivis de l'oncle Ugène dans sa pèlerine. On débondait les barils au-dessus des jarres. La richesse se déversait dans la maison. Quand la deuxième jarre était pleine, ma mère posait la question, ce que tout le monde attendait (de ce temps, une des ouvrières de ma mère alignait des petits verres sur la table et sortait le bocal des cerises à l'eau-de-vie). « Combien ont-elles rendu ? » (C'est-à-dire : combien de kilos d'huile pour cent kilos d'olives ?) Parfois, c'était le 10 1/2, le 11, le 12, c'est-à-dire 10 kilos 1/2, 11 kilos, 12 kilos d'huile aux cents kilos d'olives, suivant les années. A douze kilos, ma mère ne disait pas grand-chose, sauf peut-être un timide : « On m'avait dit treize » et tout le monde rigolait. Pour onze kilos, on avait un discours un peu plus circonstancié dans lequel il était question de l'extra-ordinaire qualité bien connue des olives de notre maison et qu'on était en droit de s'étonner par conséquent de ces onze kilos bien ordinaires. Les porteurs d'huile grognaient quelques gentillesses (car ma mère était charmante), mangeaient leurs cerises à l'eau-de-vie, s'étonnaient poliment de ce sort commun en effet bien incompréhensible. Mais, à dix kilos 1/2, c'était l'explosion et tout le monde

en prenait pour son grade. Dans ces cas-là, à force
de parler, ma mère gagnait trois à quatre seaux de
bouse supplémentaires, d'où elle arrivait à tirer, à
force de patience, quelques nouveaux litres d'huile.

Dès que les porteurs du moulin étaient partis,
c'étaient les voisines qui arrivaient : la boulangère
qui entrouvrait notre porte : « Alors, Pauline,
disait-elle, elle est belle ? — Entre », disait fière-
ment ma mère. Et c'était l'extase près des jarres,
avec la boulangère, puis la bouchère, la dame du
bazar, la femme du photographe, la coiffeuse
(Mme Pical ; elle était chaque fois jalouse).

Les choses, bien entendu, ne s'arrêtaient pas là.
D'abord, le soir même, toute affaire cessante, nous
avions une salade à l'huile nouvelle. Tout le long
du repas, on appréciait : elle était meilleure ou
moins bonne que l'an passé. Le lendemain, nous
avions généralement des pois chiches en salade
(c'est le légume qui permet le mieux de goûter la
finesse de l'huile), mais ces pois chiches avaient été
bouillis en assez grande quantité pour pouvoir
suffire à tout le voisinage. Vers les onze heures, ma
mère allait ouvrir la porte des boutiques : « Noé-
mie, donne-moi un bol, je vais t'apporter des pois
chiches. » Hortense, Delphine, Marie, etc., tout le
monde avait son bol de pois chiches et l'huile
nouvelle pour l'assaisonner.

Enfin, il y avait les fougasses. C'est encore
maintenant pour moi le meilleur dessert du monde.
Spécifiquement provençal celui-là. Mieux ; je le
soupçonne d'être grec. Longtemps, j'ai imaginé
Ulysse, Achille et même Ménélas nourris de

fougasses à l'huile. Il n'y a qu'à Hélène que j'en refuse : elle ne devait pas apprécier cette simplicité. Par contre, je suis sûr qu'Œdipe en a fait ses dimanches. C'est tout bêtement une galette de pâte à pain, longue et plate (à peine épaisse de deux centimètres) qu'on saupoudre abondamment de sucre en poudre et qu'on arrose (non moins abondamment) d'huile vierge nouvelle. Le tout va au four du boulanger et en sort bosselé et doré comme la cuirasse de Bradamante et répandant une odeur exquise. Exquise et lyrique. Pas petitement exquise comme l'odeur du réséda mais exquise avec violence et excès. Une énorme présence au soleil. Si je trouve aux moules marinières l'odeur même de l'Odyssée, la fougasse à l'huile sent l'Iliade, ou, plus exactement, le camp des Grecs.

Nous en faisions généralement quatre : une pour les voisins, une pour les ouvrières de ma mère, une petite pour notre propriétaire (Mlle Delphine), une pour nous. On sacrifiait pour les quatre (et c'était bien un sacrifice au sens religieux) un litre d'huile que ma mère allait en personne verser de ses propres mains sur les galettes, dans le fournil du boulanger. Et elle rapportait la bouteille vide qu'elle faisait égoutter dans un bol. Elle retrouvait ainsi de quoi assaisonner la salade du soir dans laquelle mettre du vinaigre aurait été un crime.

Des scènes semblables se passaient dans toutes les maisons. Nous participions aux pois chiches et aux fougasses de la bouchère, de l'épicière, de la boulangère, etc., à tour de rôle. Il en était de même pour les villages, aussi bien pour ceux de la vallée que pour ceux des collines. Chose curieuse et qui confirme ce que je disais de l'attachement sentimental à l'olive elle-même, il n'y avait presque pas de marché d'olives. On n'en vendait presque pas.

Nos voisins de la grand-rue n'avaient pas tous des vergers, notamment par exemple la bouchère qui était une grande amie de ma mère. Comme elle avait *des sous* et qu'elle voulait avoir, elle aussi, son huile, elle s'efforçait d'acheter une provision d'olives. C'était, toutes les années, très difficile. Souvent, on lui en promettait, puis au dernier moment, on se dédisait. Il me semble qu'à la fin elle décida son mari et qu'elle acheta quelques arbres.

Sur les champs de foire, on ne trouvait jamais à s'approvisionner alors que s'alignaient les charrettes chargées des légumes de saison, cardons, salsifis, céleris blancs, etc., il n'y avait presque jamais d'olives à vendre, ou très peu et, chaque fois, vendues non pas par les gros richards qui en possédaient des tonnes mais par de pauvres gens aux regards égarés. Même ceux-là étaient rares.

Les temps ont changé, naturellement. Les olives sont maintenant pressées à la presse hydraulique, même électrique, qui broient jusqu'au noyau. Et cela se fait dans des cathédrales de verre, au milieu d'un fourniment nickelé qui rappelle la chambre de chirurgie. Tout y devient anonyme. Supprimés, les *oliviers généraux ;* il n'est plus nécessaire de surveiller le pressage de sa propre récolte ; toutes les récoltes sont mélangées. Vous donnez vos olives et

vous passez instantanément à une caisse où l'on
vous délivre le bulletin qui vous donne droit à tant
de litres (que vous pouvez prendre instantanément
si vous voulez). Il n'est plus question de vouloir
comparer les crus. Il n'y a plus qu'une huile et elle
est de goût moyen, ou plus exactement, commun.

Or, *commun,* qu'est-ce que ça veut dire? Ça veut
dire au goût du plus grand nombre d'acheteurs
possible. Pour avoir du goût en fait d'huile, il faut
vivre dans cette immense forêt d'oliviers que font,
ajoutés bout à bout, les vergers qui couvrent la
terre de la face nord de l'Esterel et des Maures
jusqu'au Vercors. Là, et là seulement, on peut avoir
des éléments d'appréciation. Dans les villes on
n'est, pour rien, habitué à l'excellence. Tout y est
médiocre et la meilleure huile est celle qu'on
appelle fort justement « sans goût ».

Certes, il ne faut pas croire que les coopératives
oléicoles sont si puissantes qu'elles en sont arrivées
à nous faire accepter une huile sans goût. Il s'en
faut. Elles sont obligées (pour avoir notre clientèle)
de laisser un goût; mais il est loin de celui qu'avait
notre huile en 1907. J'ai un ami (en République
Argentine actuellement) qui exploitait à Marseille
une excellente marque d'huile. Quand il venait
déjeuner à la maison il me disait : « Donne-moi un
peu de ton huile ignoble. » Il en prenait non
seulement dans ses salades mais sur des tartines de
pain. « Mon ingénieur deviendrait fou, disait-il.
Ton huile a trop de tanin, elle a ceci, elle a cela (il
citait les termes techniques), elle est invendable.
Mais, ajoutait-il, donne-m'en encore un peu et

laisse la burette sur la table ; je n'ai jamais rien
mangé de meilleur. »

Quelques vieux moulins fonctionnent encore. On
m'a dit qu'il y en avait un à Rians, un autre à
Oppedette. Ce qu'il y a de sûr, c'est qu'il y en a un
à Saint-Zacharie. Une de mes amies y fait son huile
et m'y a mené. Avant d'y arriver, en venant de chez
cette amie qui habite à trente kilomètres de là, on
passe devant cinq coopératives oléicoles, la région
étant riche en vergers. J'ai demandé au patron du
moulin s'il faisait ses affaires. Il m'a répondu qu'il
les faisait de reste. C'est un homme de quelques
années plus âgé que moi et qui voit les choses
comme je les vois. J'ai retrouvé chez lui les hommes
nus, les presses à bras, les *oliviers généraux,* les
enfers et ma jeunesse. C'est dire que je suis partial
en en parlant. Il m'a fait boire de l'huile verte. Mais
il a des fils et ils ne rêvent que de transformations et
de modernisme. C'est un moulin qui va disparaître.

Pourtant, les vergers d'oliviers tout autour sont
de bons vergers très antiques et qui étalent leurs
qualités au soleil. Il n'est pas question de les
prendre pour ce qu'ils ne sont pas, c'est-à-dire des
terres de rapport. Ils sont pomponnés et soignés
comme des enfants. Les gens du pays ne réclament
pas d'autre moulin que celui qu'ils ont ; on vient
même de fort loin jusqu'ici pour avoir affaire à
l'ancienne mécanique. Il faudra dépenser un argent
fou pour perdre cette qualité mais on perdra
volontiers cette qualité et on dépensera cet argent
fou pour avoir le plaisir d'une machine nickel qui
marchera à l'électricité. Quand les fils du meunier

iront à Marseille ou à Toulon, ils se rengorgeront sur les trottoirs en se disant : « Nous sommes les directeurs d'un moulin moderne. » En réalité oui, et en réalité aussi, en compensation, ils seront mangés de dettes et de soucis. Je ne les plains pas.

Quand on vient me rendre visite, on me demande très souvent ce qu'il y a à voir dans le pays. C'est facile, c'est marqué dans les guides. Au surplus, on n'a qu'à acheter pour deux cents francs de cartes postales et on a toute la documentation. On appelle choses à voir les choses très grosses : le mont Blanc, l'Atlantique sont des choses à voir ; les gorges du Verdon, la mer Méditerranée, la tour Eiffel. Il y a des tours Eiffel partout et c'est ce que les gens veulent voir. Mais quand il s'agit de gens qui ont une certaine lueur aux yeux, je les envoie vers les petites choses qui ne s'apprennent pas dans les guides.

Il y a une sorte de tournée des grands-ducs à faire et que je me paye quand je veux vraiment être heureux. Je connais, dispersés dans le pays, une vingtaine de collines, une dizaine de coteaux, des pentes, de petits vals plantés d'oliviers. Certains de ces vergers sont dans la solitude, d'autres s'étagent au-dessus des villages, s'arrondissent autour des fermes ou font la beauté d'une petite maison. Il y en a de sombres et de sévères comme des bosquets de l'Hadès et aussi de radieux semblables à ce qu'on imagine des champs Élysées.

Si l'on consent à ne rien voir de gros, voilà une tournée qu'on peut se payer comme moi. Il ne faut pas essayer de l'insérer dans un itinéraire déjà

organisé : on risque, suivant le tempérament qu'on
a, d'arriver fort tard au but qu'on s'était fixé
auparavant et même de n'y jamais arriver. Au lieu
d'aller voir des tours Eiffel qui, somme toute, vous
laissent Gros-Jean comme devant, on va toucher et
goûter la paix, le silence, le temps sans mesure,
toutes choses qui, goûtées dans leur excellence,
vous transforment en un être vivant que vous étiez
loin de supposer. J'ai connu des moussaillons qui,
au cours de tels voyages, se sont découverts
capitaines et des capitaines qui sont rentrés dans le
rang.

Remarquez qu'on prend tout de suite un rythme
qui n'a plus aucun rapport avec celui qu'on avait
dans la ville, plus aucun rapport avec celui qu'on
avait à descendre la route n° 7 avec de bonnes
moyennes. Il ne s'agit plus ici de vitesse : il s'agit
de faire son bonheur. Du premier coup d'œil,
d'ailleurs, on sait comment. L'ordonnance des
choses est si logique et si claire qu'on ne court pas
le risque de passer à côté de l'essentiel. Les qualités
de ce pays sont des qualités de lumière. A mesure
que les heures de votre voyage se déroulent, vous
quittez un village rose pour trouver un village blanc
et vous quittez le blanc pour le bleu. Les petites
routes sont très familières et vous frottent le dos à
toutes les haies. S'arrêter, marcher à pied pour
monter à un coteau, devient tout naturel dès qu'on
a éprouvé les premières richesses.

J'avoue qu'à part quelques amis très intimes et
dont je connais la capacité de bonheur, je n'ai pas
incité beaucoup de gens à parcourir mes itinéraires.

Mais j'ai remarqué que les étrangers sont plus
sensibles que les Français à des routes sur lesquelles on peut tout trouver sauf des possibilités de
vitesse. Les Français me demandent : « J'arriverai à
quelle heure? » Et quand je réponds très naïve-
ment : « Vous n'arriverez peut-être même pas... »,
les femmes elles-mêmes refusent d'accéder à ce
romantisme. Par contre, les Anglais, les Espagnols,
les Sud-Américains et même les Américains du
Nord sont immédiatement joyeux et décidés
comme les enfants.

Bien entendu, quand je dis : « Peut-être n'arrive-
rez-vous pas », j'exagère ; jusqu'à ce jour, tout le
monde, ou presque, est arrivé, sauf un Italien qui
était d'ailleurs évêque *in partibus* de je ne sais quelle
ville de Syrie. Ce Monseigneur m'avait enthou-
siasmé ; au surplus, il cherchait un bel endroit pour
être tranquille. Je lui avais indiqué un lieu de
délices idéal, une sorte de Paradis terrestre. Parti à
quatre heures de l'après-midi un jour d'été, il était
entendu qu'il devait me signaler dès le lendemain
sa bonne arrivée et me dire ses impressions. Il ne le
fit pas, et pendant un certain temps je crus qu'il
était tout simplement retourné en Italie après avoir
jugé mon Paradis inacceptable. Il revint me voir un
mois ou deux après. Il jubilait. Comme je l'interro-
geais sur les délices de l'endroit, il eut l'air un peu
gêné. « Je ne suis pas allé jusque-là, me dit-il, j'ai
été arrêté avant. » Il avait trouvé tout seul un
endroit admirable que je ne connaissais pas, pour
être passé cependant cent fois à un kilomètre de là.

On n'imagine pas les découvertes qu'on peut

faire. Ce pays est d'une malice inouïe. Il y a par
exemple de petites vallées comme la vallée de l'Asse
(c'est un affluent de la rive gauche de la Durance)
et qui apporte les eaux drainées dans les hauts
massifs des environs de Castellane. Large ouverte
d'abord, elle porte dans ses bras d'admirables
vergers d'amandiers. Il faut les voir au couchant.
C'est l'image même d'un de ces désespoirs lyriques
(et cependant sans emphase) comme il s'en trouve
dans les âmes grecques aux prises avec le malheur.
La terre est couleur de vieil or vert. Les amandiers
n'ont un peu de frondaison qu'au printemps. Dès
les chaleurs la feuille jaunit et s'enroule, l'arbre est
presque aussi nu qu'en hiver, avec cette différence
qu'il a l'air hérissé d'épines. Dans le contre-jour du
couchant qui exalte le sol, les arbres ne sont que
des formes noires, tordues de vent. Le vent n'a pas
besoin de souffler. Même par des journées fort
calmes, il est présent dans ces troncs qui ont été
comme essorés par une poigne de fer et qui ne
peuvent plus se détortiller. De même, Cassandre,
immobile au seuil d'Agamemnon, avant qu'elle ne
se mette à crier; ou Œdipe qui peine dans les
chemins de Colone.

On entre donc dans un pays sévère et les
quelques villages qu'on rencontre se cachent sous
des yeuses et ne font pas de bruit. Je n'ai jamais
entendu sonner les cloches dans ce pays-là. Si on
était dupe de ces malices, on passerait à toute
vitesse. On aurait tort. Dès qu'on le prend par la
douceur, ce pays ne résiste pas. Il suffit de faire
cent mètres en dehors de la route. On tombe sur

des Tahiti de gens éblouis qui se demandent comment vous avez fait pour les trouver et que vous surprenez en train de jouir de la vie. On rêve d'avoir là une pièce blanchie à la chaux et de ne plus partir.

Ces petites fermes sont organisées avec une sagesse étonnante. Tout y est à la mesure humaine. On n'y a pas besoin de machines. Le travail se fait avec aisance à la main; on s'aide d'un cheval. Le troupeau est au plus de vingt brebis et de six chèvres; une vieille femme le garde, ou un enfant. On a généralement capté avec soin une veine d'eau. Elle est si rare qu'on s'ingénie à la faire couler dans une belle fontaine. Le surplus du bassin arrose le jardin à légumes.

Ce ne sont pas, comme on le voit, des organisations pour gagner de l'argent. Aussi, il n'y a trace d'avarice nulle part et l'hospitalité la plus généreuse est une joie. Si vous voulez boire et manger, tout est à vous. On fait là un peu plus de blé que ce qu'il en faut pour assurer le pain toute l'année. Si on en vend cinq à six mille kilos par an, c'est le bout du monde. On a un petit vignoble pour le vin. Le travail n'est excessif pour personne. On n'a pas besoin de domestiques. La patronne s'occupe de la basse-cour; la provision de bouche pour les dimanches et fêtes carillonnées se promène en belles plumes autour de la ferme. En plus de ces travaux, le patron va en jardinière attelée de son cheval aux foires voisines. Il y achète et vend cochons, brebis, agneaux, chevreaux, œufs et vieilles poules. C'est à peu près le seul contact qu'il a avec

le monde dit civilisé. Cela lui conserve le bon sens
et l'appétit de vivre. Il fume la pipe, ne lit pas, voit
les choses comme elles sont et a le temps pour
regarder autour de lui. Ses nerfs ne sont jamais
irrités. Il est habitué au silence et à la lenteur. Son
appareil passionnel est simple. Il a peu de désirs
insatisfaits. Quel est le milliardaire qui pourrait en
dire autant ?

J'ai choisi cette vallée de l'Asse parce qu'elle est
sévère et que, pour tout dire, elle passe pour être
pauvre. Elle s'enfonce en effet dans les montagnes
où le climat est rude et la terre pleine de cailloux
roulés.

Si on avait la faculté de voir le pays de haut
comme on le voit peut-être d'avion ou comme le
voit Dieu le Père, on serait intéressé par une
couleur tendre qui peint l'alentour de ces maisons
humaines et qui, à mesure qu'on descend vers le
sud, s'élargit et finit par prendre une très grande
importance. A l'automne cette couleur vire au
rouge et même au rouge sang. Ce sont les champs
de vignes qui, en allant vers le soleil et les terres
riches, s'agrandissent.

Après l'huile, j'ai dit qu'il y avait le vin. La
civilisation du vin est moins sage que la civilisation
de l'huile. Les vergers d'oliviers ne débordent
jamais. Il faut vingt ans pour qu'un olivier rap-
porte, et peu. A la troisième feuille, la vigne
commence à *donner*. Et, dans ce mot, on n'entend
pas le vin pur mais aussi et surtout l'argent. On fait
de l'huile avec des quantités de choses : arachides,
tournesols, même avec ce chardon irritant qu'on

appelle cartame. (Si on y ajoute les *miracles* de la chimie, on fait de l'huile avec des pierres ; on en ferait avec du silex.) Mais on ne fait du vin qu'avec de la vigne. De là une sorte d'orgueil qui s'accroît quand, avec du vin, on fait de l'argent.

Dans tous les creux de cette terre houleuse qui s'étend des Alpes à la mer se sont reposés des limons très anciens. La vigne y est à l'aise, elle y prospère et prolifie. Il y a déjà dans l'alignement rectiligne des vignobles un ordre qui satisfait le besoin de dominer. La vigne est un arbuste plus docile que l'olivier. Elle ne domine jamais. On la regarde de haut. Les vignerons sont autoritaires. C'est une séduction à laquelle les hommes les plus sages et les plus comblés ne résistent pas, quand au surplus, on y trouve son compte. Du vin familial on passe facilement au vin commercial. A mesure qu'on descend vers le sud, les villages s'installent sur des tapis de vignes, se font cossus, se bardent de giletières de villas modernes, achètent des pianos.

Avant d'entreprendre ce voyage sur les routes à travers les vignobles, je pense qu'il serait peut-être bon de parler un peu des mystères du vin. Un coup de l'étrier, somme toute.

Pour qu'on ne sache pas seulement de quoi il s'agit, mais aussi (et peut-être surtout) de quoi il ne s'agit pas. Une façon comme une autre de s'enivrer, pour qu'en chemin les plaines et les coteaux, les vallons et les collines, les fleuves, les ruisseaux, les bosquets et les prés rouent autour de nous, non plus comme géographie mais comme plumage de

paon. Nous occuper un peu de ce personnage Vin
d'une façon nouvelle, voir plus loin son anatomie,
siroter un bon coup de magie organique, tâcher de
savoir ce qu'il y a derrière sa matière et atteindre,
s'il se peut (comme pour un homme, et il en est
un), son appareil passionnel. Le vin est un personnage avec lequel il faut constamment compter ; à
chaque instant il intervient dans nos affaires, il
s'occupe de nos bonheurs et de nos malheurs, de
nos amours, de nos haines, de notre égoïsme, de
notre espoir et désespoir, il faudrait bien, à mon
avis, finalement savoir ce qu'il a, lui, dans le ventre.
Partir pour aller le voir chez lui, d'accord, mais
partons avec un cheval arabe, et qu'il joue des
quatre fers pour illuminer le départ.

Chaque fois qu'on s'inquiète de connaître le
cœur d'un personnage important qui a barre sur
toutes nos entreprises, on se sert instinctivement
des plus petites découvertes que le hasard nous
permet de faire. Pour moi, il s'est d'abord passé
quelque chose d'assez curieux et qui m'a mis la
puce à l'oreille. Un soir, je cherche un livre et
j'entre dans une de ces pièces du bas qui, chez moi,
servent à la fois de bibliothèque et de serre. Comme
il n'y a pas d'électricité, j'ai à la main une bougie
que la porte ouverte souffle. Il est assez tard dans la
nuit, c'est l'heure où la fraîcheur distille de la rosée
aux joints des fenêtres. Avant de trouver des allumettes dans ma poche, je suis touché par la
présence d'une délicieuse odeur. C'est ici que
l'ombre me servit : je ne pouvais penser que par
mon odorat et mon imagination. Je ne pense pas du

tout à une fleur quelconque. La seule idée qui me
vient à l'esprit est celle de cuveaux de vin. C'est
tellement précis que j'imagine voir la belle surface
goudronnée de pourpre d'un vin paisible, le fleu-
rissement d'une légère écume rose. L'odeur est si
exquise que je garde à la main sans l'ouvrir la boîte
d'allumettes. Par quel procédé magique des cuves
de vin sont-elles venues là? Il n'y a aucune raison.
Et cependant c'est bien l'odeur précise du vin. Il
n'est pas possible de se tromper ; mon odorat ne
raisonne pas, c'est lui qui a mis en alerte mon
appareil de connaissance, celui-ci a décidé que
c'était du vin, cela doit en être. Plus je laisse cet
appareil de connaissance jouer son rôle dans l'obs-
curité, plus je vois la cuve et le pourpre et l'écume,
et l'odeur est si forte et si précise que tout à l'heure,
si je m'obstine, elle va me saouler. Or, je sais qu'à
part quelques bouteilles cachetées que je garde à la
cave, loin de la pièce où je vis, il n'y a, hélas, pas
d'autre vin dans la maison. Alors, j'allume, je
regarde autour de moi, je ne vois rien que des
rayons de livres et je reste un temps infini avant de
faire le point. L'odeur persiste, toujours la même,
toujours si précise et si exigeante dans les images
qu'elle commande que je continue à voir des
cuveaux de vin se superposer à l'image réelle de
mes livres jusqu'au moment où, enfin, je com-
prends que c'est tout simplement (mais quel
admirable enchevêtrement de richesses dans cette
simplicité!) tout simplement l'odeur de trois jacin-
thes fleuries.

Ne tirons pas de conclusion, mais laissons-la

émerger toute seule de tous les faits juxtaposés.
Nous ne devons ici rien trancher. Ce qu'il nous faut
savoir, ce n'est pas la solution d'un problème de
géométrie mais le miroitement de l'âme d'un
prince.

Autre chose, donc. Regardons un vigneron. Ne le
regardons pas seulement dans sa vigne ou dans ses
vendanges (c'est-à-dire dans son triomphe), mais, le
reste du temps, dans sa vie. Moi, ce qui m'épate,
dès l'abord, maintenant qu'il est devant moi, ce
sont ses joues.

Je n'ai jamais rien vu de plus royalement
sanguin; à un point que ce n'est plus de la chair
humaine : c'est on ne sait quelle tapisserie extraordinaire avec laquelle on s'est fait un masque. Le
sang qui est là, « généreux et ayant le temps, enfin,
de fleurir », est comme la sève dans deux belles
feuilles rouges; on le voit circuler paisiblement
dans d'adorables petites ramures corail ou violettes;
il dessine des ferronneries et des arbres persans.
J'admire la sécurité de cœur et d'âme d'un homme
qui peut vivre dans notre société moderne, masqué
d'un masque d'une semblable richesse. Car, c'est
ainsi que le vigneron vit sa vie ordinaire. Imagi-
nons-le, assis en face de sa famille, sa femme et ses
enfants, à la table de ses repas. Alors que nous,
nous le faisons à visage nu (et Dieu sait si cela
complique la chose), lui s'y place masqué, derrière
ce masque de pontife. Le vin dont il est le serviteur
et le prêtre lui a dessiné sur le visage l'ornement
derrière lequel il est tenu par ordre divin de
dissimuler sa faiblesse humaine. C'est le tatouage

du grand prêtre d'un dieu naturel ; c'est ainsi caché
qu'il compose ses colères, ses tendresses, ses
jalousies, générosités, haines ; c'est d'un endroit
mystérieux et retranché des regards du monde qu'il
lance sa foudre et ses passions. Ce que peut faire un
homme ordinaire : aimer, haïr, il le peut, mais ceux
à qui sa haine ou son amour s'adressent ne peuvent
rien supputer, rien préparer en défense. Ce qu'on
lit sur son visage à ce moment-là est sans commune
mesure avec ce qu'on lit sur un visage nu. Le
masque qui nous affronte porte la marque du dieu
avec lequel il faut compter. Quelle étonnante
supériorité dans la controverse !

Aussi bien, ce n'est pas tout ; si le vigneron
n'était le prêtre que d'une imposture, son masque,
pour superbe et surprenant qu'il soit, n'imposerait
pas longtemps une supériorité qui ne reposerait que
sur l'étonnement. Si la jacinthe et le masque
n'étaient que les jeux gratuits de l'ombre et du
sang, il n'y aurait pas à y attacher tant d'importance. Ils n'en ont que s'ils sont les façons
délicieuses et magnifiques de se faire pressentir
qu'emploie un être fantastique.

Or, voici de très grandes puissances d'envoûtement : ce sont les arts. A un point que, dès les
premiers âges de l'humanité, on a appelé le poète :
celui qui sait, que dès ces mêmes premiers âges,
avant de poursuivre la bête sauvage, l'auroch ou le
tigre à dents de sabre, on le dessinait sur la paroi
des cavernes et, pour être plus sûr de le vaincre, on
demandait à l'artiste de le percer de flèches
dessinées plus décisives que les flèches réelles. A

partir de ce moment-là, on l'avait dans la poche. Il était envoûté, promis à la défaite, subjugué sous des forces bien supérieures à celles des muscles. Et il est absolument certain aussi que ces premiers hommes chantaient : chantaient les passions, les désirs et les terreurs de leurs cœurs. C'était, somme toute, l'expression du monde qui était reconnue comme supérieure au monde lui-même et avait le pas sur lui. Depuis cette lointaine époque jusqu'à nos jours, cette supériorité de l'expression du monde sur le monde réel n'a pas cessé d'enchanter l'âme des hommes. Homère, Mozart, Giotto expriment. Mais, le vigneron aussi exprime (si l'on me permet cette facile acrobatie). Et le résultat de son travail d'expression est une matière qui contient la force d'envoûtement de tous les arts. Matière ? Que non pas : Personnage ! Prince dont le corps pourpre surgit de l'ombre au simple appel d'un parfum de jacinthe, qui distribue à ses sujets des masques de corail et de violettes derrière lesquels le pouvoir de l'homme s'amplifie de mystères, nous savons maintenant qu'il ne s'agit pas d'imposture. Le personnage a bien, dans la paume de sa main, tous les jardins des Hespérides, et dans la paume de son autre main toutes les mers enchevêtrées autour d'Ulysse (et toujours prêtes à s'enchevêtrer autour de tous les Ulysses de tous les temps), la grotte de Calypso, l'île de Circé, la côte basse des Lotophages et les cieux éclatants d'Étéocle et Polynice. Il m'épate bien plus que ne faisait le vigneron tout à l'heure. Malgré toute la puissance que je supposais à celui qui pouvait surgir d'un parfum de jacinthe dans le noir, et qui distribuait généreusement de tels masques, maintenant qu'il est devant moi, j'en suis bouche bée! Rien qu'à le regarder il m'enivre. Si j'étais parti tout à l'heure pour aller le voir chez lui sans ma petite prudence et cet essai préalable pour tâcher de savoir à l'avance qui il était, je courais le risque de tomber sur un fameux bec de gaz. Et combien de chances d'impair où je risquais de perdre la face. Ce n'est pas un personnage tout d'une pièce; il est fait de mille pièces et de mille morceaux. Il est à la fois la forêt des Ardennes, et Rosalinde, et Orlando. Il est à la fois Othello et Desdémone; Hamlet, le fantôme, et le roi assassin; il est la brume qui enveloppe les donjons d'Elseneur et le bourdonnement des flèches de la bataille d'Azincourt. Il est le roi Richard, et Lear et la lande. Il est tous les rois et tous les temps et, s'il existe cent mille landes désertes, battues d'orages et parcourues de sorcières, il est les cent mille landes à la fois. Des rois, des princes, des amoureux, des jaloux, des avares, des prodigues, des mégères, des agneaux, des lions, des serpents, et les mancenilliers géants qui dispensent le sommeil à mille tribus, composent corps à corps ses bras, ses jambes, son torse, sa tête. Le vent, la pluie, la foudre et la fanfare goguenarde qui à la fin de la pièce accompagnent l'enlèvement des cadavres, tonnent et flûtent, et crient dans sa cervelle. Il est sur mer, il est la mer, il est le voilier et la voile. Il glisse, il tangue, il roule, il se soulève, se cabre, fait front, se penche, embarque, sombre, disparaît, s'engloutit jusqu'à la pomme des mâts, puis surgit, émerge,

reprend sa course, si véloce que le voilà, arraché des
sommets de la houle, qui s'envole, tel un goéland et
fonce, battant furieusement des ailes vers le cœur
de feu des cyclones. Il est le marchand qui perd sa
cargaison et l'assassin caché dans l'embrasure des
portes; celui qui tombe dans l'abîme pendant
l'éternité, et celui qui brise contre les murs toutes
les coupes du banquet. Il étrangle pendant des
heures celle qui l'a trompé : elle meurt des milliards
de fois, terriblement, dans ses mains qui jouissent
des milliards de fois, et, en même temps, il est celui
qui fouille délicatement dans l'ordure et sait y
recueillir des trésors incomparables de hontes, de
lâchetés et de remords. Il connaît le truc pour créer
des Dulcinées avec des souillons ou même avec la
« poupée » qui enveloppe son doigt malade. Il est
composé de Dulcinées plus magnifiques les unes
que les autres. Il en est bourré; il en éclate; il en est
vermillonné des pieds à la tête. On voit leurs
visages ou leurs fesses, ou leurs cuisses, hanches,
seins et beaux yeux limpides pleins de *pureté
candide et de lin blanc* apparaître à chaque instant
dans l'enchevêtrement des drames, fantômes,
brumes et autres chevauchées de la mort. Il s'en
goberge, il les caresse; il les possède mille fois
mieux que ne permettent les possessions en usage
depuis le commencement du monde. Il jouit du
sang et du vent. Bref, il est l'ivresse.

Certes, voilà de quoi faire réfléchir! Réflexion,
non pas pour faire dételer les chevaux, au contraire.
Pressons, pressons. Arrachez les freins de mes
roues. Partons mors aux dents, au triple galop, à

tombeau ouvert, volons jusque dans les embrase-
ments de ce géant de misères et de royaumes.
Sortons enfin de notre triste vie de berné.

Or, maintenant, regardons le pays! Ce sont
plaines et coteaux, prés et vignes, et blés et vignes,
et champs et vignes et fleuves dans des palissades
de vignes, et collines couvertes de vignes jusqu'au
sommet; et routes circulant dans le crépitement des
ceps, et villages cernés de vignes et fermes submer-
gées de vignes. A peine si le blé fait ici ou là une
mare d'or : toute la terre est couverte de vert épais;
à peine si le feuillage boueux des yeuses en émerge,
ou, parfois, le toit rouge d'une maison, la génoise
vermeille d'une grande bâtisse carrée, le trou noir
d'une fenêtre dans un mur de craie : tout est
recouvert du vert épais des vignes taché de ce bleu
métallique des *bouillies.* Le long des chemins, les
raies de vignes s'ouvrent comme les tranches d'un
éventail, découvrant cette terre d'ocre blonde sur
laquelle les ceps ont pleuré et de laquelle monte la
sève chaude et gaillarde. De loin en loin, un saule
qu'on a conservé soigneusement pour faire des
corbeilles avec ses branches, ou le fronton de la
Coopérative contre laquelle rebondit l'écho des voix
qui font reculer les charrettes vers le mur des
cuves; ou bien, c'est un clocher fin et luisant
comme une aiguille. Et le ciel lisse et pur appuie sa
joue contre la joue des vignobles, et, tout le long
jour paisible sous le soleil, ils se caressent tendre-
ment l'un l'autre, comme deux animaux magiques
qui n'en peuvent plus de tendresse. Et, sans fin, les
vignes aux vignes s'ajoutent et se rapiècent;

ouvrent et ferment et rouvrent les éventails de leurs
raies, couvrent les plaines, entrent dans les vallées,
emplissent vallées et vallons, suintent jusqu'au plus
étroit des combes, escaladent des collines, se
déversent par-dessus les cimes, coulent de l'autre
côté, s'étalent en océan immobile, avec des houles
et des rouleaux, des ressacs, des marées, des hautes
mers portant villages en voiliers d'or et galères,
barques de tuiles, caboteurs de chaux éclatante,
sans fin jusqu'au cercle de l'horizon, flottille de
pêcheurs de joie, flottille de prêtres masqués,
marsouins vêtus de salopettes bleues, jouant dans
l'écume de l'océan des vignes.

Et la route s'ajoute à la route sans que jamais la
vigne puisse le céder à quoi que ce soit. De fin qu'il
était, comme une aiguille, le clocher est devenu
carré et trapu, puis il s'est orné de fenêtres arabes
ou il s'est revêtu de sobriété montagnarde, ou il
s'est élancé comme un qui prévoit les horizons
illimités de l'océan. Les visages rasés ont succédé
aux visages à moustaches, puis les barbes sont
venues. Les langages ont cessé de chanter pour
rouler des pierres, les femmes ont passé du blond
au brun, du lourd au léger, du râblé au fluide, du
rêve au nerf, de la marche à la danse, du cotillon
clair à la jupe rouge, du bonnet au fichu, de la
socque au soulier, de la chanson légère au rauque
appel des femmes sauvages aux passions pourpres.
Lilliput sur l'énorme Gulliver du vin. Et la vigne
est partout, et partout la vigne s'ajoute aux vignes,
partout la vigne emploie la moindre parcelle de
terre; à peine si on lui en prend le rectangle

nécessaire à la construction des caves. L'ivresse et le rêve sont les seuls instruments du bonheur.

On comprend bien qu'un pays de ce genre ne s'arrête pas à la mer, mais se prolonge jusqu'au grand large. C'est sur cette mer qu'un certain jour on a entendu voler les paroles mystérieuses disant que le grand Pan était mort. Sur tous les océans du monde les sarcophages des saints ont flotté et navigué ; mais c'est la seule mer qui ait été effleurée par des mots aussi puissants. Il y a un point non indiqué sur les cartes où l'Égypte, la Judée, l'Afrique et la Provence se rencontrent et se mélangent. Il doit y avoir là un léger tourbillon, un nœud gordien, une sorte de cœur.

Comme tout le monde, je connais ce qu'on appelle bêtement la Côte d'Azur. Quel est le *chef de rayon* qui a inventé cette appellation? Si on le connaît qu'on le décore : il avait le génie de la médiocrité. Notre pays est en toute saison traversé par le fleuve de Parisiens, de Belges, d'Anglais et d'Esquimaux qui va se jeter en Méditerranée. C'est un Mississipi qui déborde en une Louisiane de marais, de crocodiles et de crapauds-buffles. Sur la côte, on débite l'azur comme un thon. Pas une dactylo d'Anvers, de Roubaix ou de Glasgow qui ne rêve de faire sa cocotte et sa grande coquette en en bouffant une tranche. On arrive et on se fout à poil.

Rien de commun avec le vrai pays. Certains jours d'été, c'est pire que les abattoirs de Chicago. Sur quarante kilomètres de longueur, que dis-je : sur cent kilomètres et plus de longueur, on a mis à

sécher de la viande humaine. C'est une extraordinaire usine de pemmicans. On se demande quel
monde de trappeurs et d'anthropophages elle fournit. Il y a de la jeune femme, de la vieille, de
l'athlète, du comptable, de l'ouvrier, du lord et de
la grandeur ; des seins, des fesses, du rond-de-cuir,
de la lombe et du cinq à sept. On peut choisir si on
aime ça. Quelle nourriture ! Somme toute ce sont
des abats.

Mais il y a un dieu pour les pays comme pour les
ivrognes. Tous ces gens-là s'imaginent être en
bonne santé parce qu'à force de s'exposer au soleil
ils ont la peau couleur de pain brûlé. Heureusement, il n'en est rien. Ils viennent ici choper
cancer, goutte militaire, tuberculose et nostalgie
purulente (qui ne pardonne pas).

Les paysans ne sont pas si bêtes. A part les demi-
sels qui font leur beurre avec ces vaches à lait, je
n'en connais pas de bronzés. S'ils vont travailler au
soleil (et la plupart du temps ils s'en gardent) ils
mettent de grands chapeaux et ils conservent leur
chemise. Ils en retroussent à peine les manches
pour avoir le geste plus libre mais la poitrine et le
ventre, ils les tiennent soigneusement à l'abri. Ils
savent que ce ne sont pas des choses avec quoi on
peut rigoler.

Il y a, entre Grasse et Draguignan, des collines
splendides. Je m'y suis payé, l'an dernier, une bosse
de rire. C'est mieux qu'une bosse : c'est une glande
de civette ; elle parfume encore mes jours. Nous
avons vu une femme qui se baladait à poil ; on ne
pouvait pas prendre pour un cache n'importe quoi

quelconque les quelques tresses de raphia qu'elle
s'était passées dans la raie des fesses. C'était une
transfuge des plages et qui croyait dur comme fer à
la Côte d'Azur. Le spectacle était si vulgaire qu'on
était poussé à rire par une sorte de self-défense et
même à sangloter de rire. Cette bonne femme se
baladait dans les champs. Elle avait laissé sa voiture
et son mari, en tout cas un homme, à l'ombre au
bord de la route. L'homme était également à poil,
bien bâti, et, étendu sur les coussins, il ronflait ; la
voiture de super-luxe semblait modeste par comparaison.

Remarquez que ces femmes-là, si on leur met
quelque chose sur le dos, elles ne sont pas mal. Il y
en a même de fort jolies. Le plus drôle est que cette
nudité va à l'encontre de ce qu'elles désirent.

Il ne faut pas oublier que cette mode est récente
(je parle de venir se rôtir sur la Côte d'Azur ; l'autre
est très ancienne mais a moins d'importance que ce
qu'on croit). Il y a seulement cinquante ans, parler
de Nice c'était parler de l'hiver au chaud et on y
portait boas de plumes et ombrelles. Beaucoup de
petits trous qui sont maintenant des endroits selects
étaient des villages de pêcheurs, et de pêcheurs qui
pêchaient avec beaucoup de prudence. Dans les
cimetières il y avait peu d'inscriptions « péris en
mer » et, si les femmes s'habillent de noir, c'est que
telle était la coutume du pays.

Un petit port méditerranéen, c'était un bistrot et
quelques *balais à rôtir*. Trois, quatre barques avec
de petites voiles ; de quoi, par bon vent et après
s'être assuré que le beau était fixe, aller jusqu'à un

kilomètre en mer. Le principe était de ne jamais
perdre la terre de vue. Qui n'a jamais assisté à une
tempête, à un typhon ou à un cyclone peut en
demander le récit à un marin de Méditerranée qui
n'en a jamais vu non plus mais les a très bien
imaginés.

On ne pêchait pas beaucoup de poissons mais on
pêchait des poissons *rares,* et surtout *beaux :*
girelles, rascasses. Pour les manger, il fallait les
écraser et les passer au tamis : de là, la soupe.
Certes j'ai vu (au cinéma puis sur l'océan) les
pêcheurs des mers cimmériennes relevant le chalut
et déversant sur le pont des tonnes de poissons
blancs et le spectacle est admirable. Mais j'ai vu un
autre spectacle non moins admirable et qui, à mon
avis, place l'homme plus haut : c'est celui d'un
pêcheur solitaire dans une petite barque, du côté
des calanques de Cassis par exemple, et qui tire
l'une après l'autre les girelles de la mer. Chaque
fois qu'il en prend une il la met dans sa main et il la
regarde comme si c'était le Pérou. Et c'est le Pérou
en personne.

C'est dans de semblables escales qu'Ulysse a
passé son temps (perdu son temps, dirait Pénélope).
En effet, il y a là de quoi tout oublier. Un marin de
nos côtes ne chaloupe pas en marchant. A terre,
vous ne le distinguez pas d'un paysan. Si vous lui
parlez du cap Horn il s'esclaffe. Il ne comprend pas
le mot bourlinguer. Vous voulez qu'il parte pour
aller où ? Chercher quoi ? Mais il comprend très
bien le mot vivre. Si vous lui parlez des îles, il
entendra l'île du Levant, Sainte-Marguerite ou

Saint-Honorat. Si vous l'interrogez sur les terres lointaines, il vous répondra : « Oui, la Corse, j'y suis allé. » Mais il y est allé par le paquebot qui part de Marseille ou de Nice et il était habillé du dimanche. Thulé, pour lui, c'est l'Italie. *Le bord mystérieux du monde occidental* et *l'azur phospho-rescent de la mer des Tropiques,* il s'en fout comme de sa première chemise. Quand chez moi (qui suis dans la montagne) il fait du vent, je sais que la poissonnerie est fermée. Et si je rencontre le poissonnier (qui se paie un petit tour de balade avec sa bourgeoise) et que, par acquit de conscience, je l'interroge, il me répond : « Vous ne voudriez pas, avec ce temps ! »

Le pays est renommé pour son ciel clair, sa température égale. Il y a cependant plus de deux cents jours par an où les pêcheurs ne sortent pas. C'est qu'à leur avis il *va faire* mauvais. S'ils se trompent c'est simplement que l'erreur est humaine. « Je ne sais pas très bien nager, me disait un Breton qui allait régulièrement en Islande ; je patauge, je me tiens un peu sur l'eau. » Ici, ils savent les nages savantes : et je te passe les bras par-dessus la tête, et je te croise les jambes en ciseaux ; depuis qu'il y a foule de femmes nues, certains même font la statue vivante au sommet des plongeoirs.

Le Président De Brosses raconte un voyage en mer dans ces régions. Il s'embarque à Antibes sur une felouque pour aller à Gênes. Dépassé Nice il a le mal de mer. Comme on est à cent mètres de la côte il dit : « Débarque-moi, je vais prendre un

cheval. » Au bout d'une poste ou deux, il est guéri.
Il attend la felouque qui est juste un peu derrière ;
il la hèle ; on le rembarque. Plus loin, comme il est
de nouveau malade, il débarque. Et ainsi de suite
jusqu'aux faubourgs de Gênes où le patron de la
barcasse lui dit : « Tiens, moi aussi je vais tâter du
cheval. » Ils débarquent tous les deux et font une
entrée triomphale dans la ville. « Je n'ai jamais vu
de marin plus ravi », dit le Président.

Il faut toujours avoir cette histoire présente à
l'esprit quand on parle à un marin provençal. C'est
une mer fermée. Alors, à quoi bon ? Les hommes ne
sont jamais volontairement bêtes.

Pour bien comprendre cette attitude philoso-
phique, il faudrait retrouver l'atmosphère des petits
ports comme Saint-Tropez, Cassis, etc., avant
l'arrivée des civilisés. Évidemment, aujourd'hui
c'est difficile, on n'a plus, sur toute l'étendue de
cette côte, un seul point de comparaison. Tout est
devenu théâtre et théâtre d'opération, ayant la
jouissance pour but. Le pauvre andouille qui fait
figure d'Apollon en carte en haut du plongeoir —
au lieu d'aller perdre ses mains dans les saumures
d'Islande — n'attire pas la sympathie. Ce qu'il faut
bien comprendre, c'est qu'il a été colonisé ; ce qu'il
exhibe, ce sont les vices de ses colonisateurs.

Ce sont en réalité de braves gens, pas compliqués
du tout, aimant les joies comme tous les Latins,
prêts à faire n'importe quoi pour être heureux (ce
qui, à mon avis, est naturel et respectable) ; pas
tellement attachés à l'argent et, seulement dans la
mesure où l'argent leur donne des jouissances

faciles. C'est, à tout prendre, aussi sympathique que la pêche à la morue dans les mers glacées.

Il est très facile d'industrialiser les marins de l'océan. C'est fait. Ils sont devenus des esclaves de l'industrie au même titre que les ouvriers à la chaîne. Il y a des usines pour mettre les sardines en boîtes, les morues en barils, le thon dans l'huile. Il y a des machines créées et mises au monde pour découper le gras de calmar et la chair de requin en forme de queues de langoustes. Un chalut coûte des millions. Pour aller à la pêche il faut un capital considérable. Qu'on en soit propriétaire ou qu'on soit débiteur d'un bailleur de fonds, on est dans la combinaison des finances modernes, ce qui exclut de façon totale et absolue le droit à la sieste. Tout compte fait, cette façon de vivre avec de l'argent n'est pas belle, n'est pas adroite, n'est même pas logique. Je préfère celui qui, dès qu'il a cent francs *de trop,* va boire un coup.

Ceux-là, impossible de les faire entrer dans le rang. Ils avouent que le travail leur fait peur. Pour se procurer un instant de bonheur ils sont capables du travail le plus forcené; question de Caisse d'Épargne ou de Banque de France, ils ne lèveront pas le petit doigt.

A partir de ces caractères, on peut comprendre ce qu'étaient les petits ports de la côte quand les gens du pays y vivaient entre eux. D'abord, les bois de pins sans villas, sans propriétés particulières, sans camping, sans garages, sans papiers gras et dans lesquels on pouvait se promener à l'infini. Pas d'autos sur les routes; d'ailleurs, les routes n'étaient pas goudronnées. Pas de bruit; le silence; les trois grondements souples et mariés : la mer, le vent et le silence.

On trouve encore à Cassis, à Bandol, La Ciotat, Saint-Tropez de vieilles maisons, de vieux porches, de vieilles portes, un clocher élégant, un fer forgé, une imposte, une clef de voûte historiée, un souci d'élégance et d'une élégance très sûre. Il faut l'imaginer présidant, que dis-je, trônant sur toutes les maisons. Il n'était pas question d'architectes, d'écoles d'architecture, ni même d'Art dans le sens qu'on lui donne aujourd'hui. Qu'on n'oublie pas à quels jouisseurs nous avons affaire. On devient vite très fin à chercher constamment son plaisir. Habiter une maison aux mesures exactes en est un et qu'ils étaient loin de négliger. Mesures exactes et raisons logiques : de toutes petites fenêtres *où le soleil n'entre pas*. Le goût du bonheur avait fait comprendre que *le soleil est l'ennemi*. Des pièces fraîches, des ténèbres tendres à l'intérieur; à l'extérieur, des murs crépis de chaux irisée pour rejeter ce soleil loin de soi. Mais, comme on est les fils d'une civilisation très ancienne qui a inventé tous les dieux, toutes les vertus et tous les péchés mortels, on prenait soin de faire graver dans la pierre des portes des couronnes de laurier et de faire forger les barreaux des fenêtres en forme de feuille d'acanthe.

Ce qu'il faut imaginer aussi, c'est le temps, le temps immobile des gens qui ont le temps. Même après Vaucanson, on se servait toujours du cadran solaire, cet instrument délicieusement sujet à caution, à interprétation, à discussion, à démission, parfaitement muet au surplus et qui ne parle que si on l'interroge.

Le port lui-même était généralement peu profond, très abrité. L'abri des ports de pêche méditerranéens tient du miracle. On y sent une raison qui a fait compte de tout. C'est qu'elle veut s'épargner le moindre souci. C'est à un point qu'ils sont protégés du vent de traverse qui, dans ces régions, souffle une fois tous les cinq ans. Le front de mer était généralement pavé de petits galets ronds, posés sur champ, fort désagréables au pied mais qui, lavés de pluie et huilés de soleil, prenaient le ton de la nacre. Les syndics qui se voulaient populaires, ou les municipalités en mal de démagogie faisaient poser sous un mûrier, sous un platane ou sous un tilleul, un gros parallélépipède de pierre tendre qui servait de banc. Le banc est l'instrument le plus précieux de la civilisation provençale. Ce banc, ou ces bancs — suivant l'importance de la population — étaient au port méditerranéen ce que le club est à Londres.

Les maisons donnant sur le port avaient parfois des balcons fort commodes pour regarder le temps qu'il fait ou pour assister aux fêtes. Ces dernières étaient toujours de la plus grande simplicité mais très nombreuses et chacune durait au moins trois jours : un jour pour se préparer, un jour pour rire, un autre pour se reposer. L'art des transitions était respecté jusque dans ses plus fines subtilités. Le reste du temps, les balcons servaient à faire sécher la lessive.

La vie quotidienne était faite par moitié de contemplation et par moitié de conversation. Quelquefois, en rognant un peu de part et d'autre sur chaque moitié, on s'occupait de passion. Certains jours particulièrement virils et à la suite de défis, intérieurs ou extérieurs, à quoi n'échappent jamais les pauvres natures humaines : contemplation, conversation et passion étaient sacrifiées en grande pompe au travail.

Pendant tout un grand jour, parfois deux, ils se confiaient à la fortune de la mer. Toutes les collines environnantes, tous les sommets, tous les bois sacrés étaient plantés d'oratoires, de croix géantes, de statues de la Bonne-Mère. Les regards anxieux de tout le monde à terre et en mer se tournaient vers ces sauvegardes. Les équipages étaient composés de copains ou de familles qui rentraient le soir avec quelques poissons et beaucoup d'histoires. Tous les monstres de la Méditerranée sont sortis de ces histoires. C'est pourquoi il y a des sirènes et des chevaux marins dans cette mer.

On pêchait avec de petits filets ou avec des lignes. Le filet ou la ligne qui s'accrochait quelque part s'accrochait toujours à un monstre. Les barques étaient petites. Ils étaient là-dessus au maximum trois. On ne se rassure pas beaucoup l'esprit à trois, au contraire. Être cinq ou six heures en contact avec le mystère, même (surtout) si on ne voit rien, excite les facultés créatrices. Ces hommes pouvaient difficilement s'imaginer qu'ils s'imposaient ces souffrances morales (véritables tortures à qui est doué pour le plaisir facile) à seule fin de

ramener quelques kilos de soupe à poisson. Ramener un monstre était plus logique ; le ramener en
paroles et en récits était plus commode que de le
ramener en chair et en os. C'est pourquoi le
folklore marin provençal est plus riche que l'étal
des poissonneries.

Si on s'en moque on a tort. Si on croit que cette
pêche au monstre était vaine, on ne comprend pas
la vie ; et surtout la joie qu'il y a à vivre. Malgré les
contemplations, les conversations, les passions, les
fêtes et le travail, les journées ont vingt-quatre
heures, et vingt-quatre heures de temps immobile
c'est long. Au surplus, il est agréable d'être héros.
C'est un sel. A quoi servirait de se priver de ce sel,
ou de l'acheter trop cher quand on peut l'avoir
gratuitement ?

Le ciel immuablement limpide, l'ombre du
mûrier, le banc, le temps immobile, un peu de vent
brûlant qui vient d'Afrique, un souffle d'air frais
qui descend des Alpes : et le récit, à terre, de la
pêche au monstre en mer devient une bénédiction.
Tous les muscles de ces hommes robustes, tout le
sang rouge qu'ils se font avec de l'excellente nourriture bien saine doivent travailler. Quel plaisir de
faire jouer et ces muscles et ce sang dans un récit
bien composé ! Les femmes étaient belles et n'allaient jamais en mer. Épouvanter une femme est une
possession qui ne fatigue pas. Ils vieillissaient donc
en restant verts comme des lauriers. Les maisons,
les bois, la mer, les collines, le ciel usés de soleil
avaient pris la couleur de la perle. Rien n'était plus
subtil que le gris de ces pays faussement renommés,

sur des relations d'aveugles, pour la violence de leurs couleurs. Rien n'était plus subtil que le gris de ces hommes de Méditerranée. C'est vite fait de parler de mensonge et de paresse. C'est de ce mensonge et de cette paresse qu'est illuminé le reste de l'univers.

La première fois qu'un nuage du ciel a pris forme, c'est ici que dans le langage des hommes on a donné un nom à cette forme. C'est à partir d'ici qu'on a pu se transmettre le mot qui transportait cette forme.

Bien avant la guerre de 39, quand le Graaf-Zeppelin fit le tour du monde, il rapporta de son voyage d'admirables photographies des toundras impénétrables qui bordent le fleuve Léna. On peut les voir dans le *Geographic Magazine* de l'époque. On est épouvanté par la solitude à perte de vue, par l'hostilité monstrueuse de la terre. On a brusquement la sensation nette que vivre, simplement vivre n'est pas une rigolade, n'est pas à la portée de tout le monde. On aperçoit de chaque côté du fleuve, au bord de la forêt dans laquelle on ne peut faire un pas, des berges limoneuses qui luisent sous la pluie glacée. C'est dans ces boues qu'est installé un petit village de bois. Vivre dans ce petit village de bois est héroïque, apparente l'homme à une sorte de Dieu fouisseur et roule-pelote, comme le scarabée sacré.

Il y a également au nord des Orcades des îles battues de vents si impétueux qu'il faut, pour avoir des pommes de terre, les planter au fond de puisards de deux mètres de profondeur ; à la surface du sol, le vent raboterait le germe dès qu'il pointerait. Le volume 389 des *Instructions nautiques* dit de la Géorgie du Sud qu' « elle est exposée aux vents violents qui arrivent d'une mer couverte de glaces flottantes. Elle a de ce fait un climat inhumain. Les nuages épais, lourds et bas occupent le ciel toute l'année sans un seul jour d'exception. L'humidité y est constante depuis des siècles ». On ajoute trois pages plus loin qu'au port de King Edward Cove, on trouve un certain nombre d'habitations et de magasins, un hôpital et une petite église *blanche*. On peut se procurer à cet endroit-là, assure-t-on, un magistrat, de l'huile et des provisions en petite quantité. Les *Instructions nautiques* ajoutent : « La résidence du magistrat se trouve entre Hope et King Edwards Point ; un pavillon est hissé sur cet édifice. »

Voilà de quoi faire prendre les hommes au sérieux. Et c'est quand on prend les hommes au sérieux que les bêtises commencent.

Manosque, janvier 53.

DÉCOUVREZ LES FOLIO À 2 €

Impression Société Nouvelle Firmin-Didot
à Mesnil-sur-l'Estrée, le 20 novembre 2001.
Dépôt légal : novembre 2001.
Numéro d'imprimeur : 57310.
ISBN 2-07-042204-6/Imprimé en France.